あきやまの

风雅和歌 秋

漫山秋色浓

郑民钦——编著

中国出版集团 现代出版社

和歌的魅力

和歌作为日本民族的诗歌，是日本文学的主要形式之一，是日本韵文学最早的传统形式之一。从记纪歌谣的萌芽期至《万叶集》定型的这种诗歌形式历经了一千多年的历史。和歌又有多种形态，以五七五七七共五句三十一音的短歌为主，同时也包括长歌、旋头歌等，经过漫长历史的淘汰，短歌成为和歌的几乎唯一的特定形式。本书的和歌特指的是短歌。

所谓“和歌”，一般理解为“大和的歌”，即“日本的歌”。从和歌的诞生过程来看，和歌是生长在日本民族土壤的文学这一点无可置疑。它是日本历史、风土、政治、经济、社会、文化、宗教等在文学上的结晶，是日本民族性格的诗化。

和一切文学形式的诞生一样，和歌亦始于民间。它直接源头是歌谣。《古事记》和《日本书纪》所收录的歌谣合称“记纪歌谣”。记纪歌谣是和歌文学的萌芽时期。和歌的产生意味着定型诗的成立，从非定型的歌谣中脱胎出短歌形态。作为古代韵文的表现载体，七世纪中叶和歌形式已经完成。

从古代歌谣向万叶和歌发展的历史也就是从口头文艺向文字文艺发展的历史，这标志着诗歌显示出从集体性向个人性、平民性向贵族性的转移倾向。《万叶集》的出现标志着和歌这种日本民族文学形式的发展在奈良时代进入一个高峰，诞生了真正文学意义上的和歌。

《万叶集》成书于八世纪，年代、编者均不详，一说大伴家持为最后的编纂者之一。该书收有四世纪至八世纪四百多年间的长歌、短歌等四千五百多首，全部借用汉字依日语发音标记。按内容分为杂歌、相闻、挽歌三类。杂歌包括四季景物、行幸、游宴、旅行、酬和等题材；相闻指感情相递，多指男女恋歌；挽歌乃悼亡追思。作者从天皇至贩夫走卒，十分广泛。《万叶集》歌风雄浑豪放，质朴率真，以现实主义手法描绘日本古代社会，体现当时的社会理念和民族精神。《万叶集》作为日本最早的和歌集，如同《诗经》在我国文学史上的地位，熠熠生辉。

十世纪初成书的《古今集》是日本第一部敕选和歌集，有纪贯之作的假名序和纪淑望作的真名序，两序内容基本相同，论述和歌的起源、发展、本质、种类，品评歌人，提出审美标准等，是比较系统的和歌理论。两序之中，应该说假名序更能代表编者的思想，更能准确地反映当时主流歌坛对和歌本质的认识。纪贯之的序是第一篇用日文写的序。从《古今集》开始，至后花园天皇时代的《新续古今集》，共编纂二十一部敕撰和歌集，作为民族诗歌的和歌终于取代汉诗成为歌坛传统主流。纪贯之的假名序从起源、性质、题材、内容、风韵、构思、手法、语言、评论等方面对和歌进行比较深刻的阐述，建立起较为完整的和歌理论体系雏形。因为当时日本还没有先进的文学理论，所以歌论在许多方面借助我国的诗歌理论。

由于《古今集》的问世，重新振兴起来的和歌取代汉诗文，占据文坛。和歌不仅成为日常生活中极其平常的现象，而且也是贵族社会交际时表示风雅的必要工具。在此后约一百年间，和歌基本上延续《古今集》的风格，但有所发展，一直持续到《拾遗集》。这期间第二部敕选集《后撰和歌集》成书，其注重作品的自然情趣，开始出现和歌物语化的倾向，可以说构成日常生活的画卷。

欣赏和歌涉及整个文艺审美理念的问题。和歌在其长期发展过程中，形成比较复杂的独特的审美体系，在高度浓缩凝练的语言组合里，塑造某种形象或者形态，既反映一定的现实感性形象，又包含强烈的思想情感的各种审美意象，熔铸出一种意境幽远深邃的世界。

近世之前的日本文学理论几乎全部都是歌论，和歌美学在近世以前就已经形成体系，在中世文艺美学中得到完整的体现，最主要的特征是通过语言的力量追求高雅。然而进入町人社会以后，由于整个社会经济结构的改变，为适应町人文化需要而产生的俳谐以巨大的破坏力向传统和歌美学提出挑战，以近于卑俗的语言摧毁固有的“象牙之塔”的精神世界，其势之猛，甚至在一定程度上压倒和歌，受影响而创作俳谐的人数大大超过歌人。俳谐发展到松尾芭蕉的时代，才在继承和歌审美理念的基础上，创立自己的美学观，于是俳谐进入诗歌艺术的殿堂。

和歌美学自然是日本文艺美学的一个重要组成部分，涉及整个文艺审美理念的问题。美是艺术的根源性本质，以语言文字为符号的文学通过各种表现形式追求美的创造。

歧义性和多重性对欣赏和歌美造成一定的困难，同时也形成审美的多样性，可以审视随着时代的发展人们美学理念的变化，具有很大的挑战性和探险性。另外，近代以前的美学语言几乎都是日常生活用语，因此必须从中抽象出更高层次的审美理念。

作为文学作品的读者，一般通过对作品本身的意识活动感受美。读者在审美对象的直观形象诱导下进入一种观照状态时，便成为美的享受者。其审美感受与作者主要通过想象作用构成具象美的活动有所不同。当然，二者相辅相成，作者以对创作对象的想象活动获得美的形象的升华，读者以对美的形象的观照作用获得与作者创作体验同化的过程。作者创作美的形象时，融进了自己的自然观、人生观、世界观并渗透在作品的各种要素里，形成有机的统一，营造出一个体现其审美理念的世界。

和歌的审美虽然在其形成过程中借鉴、吸收了许多我国古代美学思想，从和歌文学产生的动机以及对和歌文学的自觉性意识的产生，到涵盖整个奈良、平安时代的和歌文学的发展过程以及歌论的变迁，在思想、形式、内容、语言等诸多范畴，都与中国文学（文化）有着千丝万缕的关系，但从本质上说，和歌美学是日本民族诗歌的审美体系。

和歌具有诗歌的一切特征，因此在高度浓缩精练的语言组合里，既反映一定的现实感性形象，又包含强烈的思想情感的各种审美意象，熔铸出一种意境幽深的世界，或者塑造某种形象，日本人以其独特的思考方法和语言表现追求民族文艺的精神美。

“あはれ”（哀）是日本传统诗歌的主要审美手段之一。按照《广辞苑》的解释，有“感慨、赞叹、爱情、同情、人情、情趣、怜悯、感伤、悲哀、愁绪”等多种含义。古代的“哀”是朴素的爱的表现，这种爱可以是赞叹、喜悦、共鸣、同情、怜悯、哀伤等多种发自心灵感动的形式。“あはれ”是内心感动发出的声音，是一种真情的流露。这种感动既可以是个人情感的表达，也可以是包括对民族性、国民性的共同情感的表达。从这层意义上说，诗歌发自这种集体性的感动，没有“あはれ”的感动就不存在日本的诗歌，因此“あはれ”是日本美学的感觉的母体。这牵涉到诗歌的根源性问题。

《古今集》中有一首佚名的和歌“我思香比色更哀，谁拂衣袖屋前梅”，“香比色更哀”，不是一般人共同的感觉，而是“我思”，带有强烈的主观性，在这个自我感觉的层次上想象“哀”的世界，对色和香进行比较，构成一种抽象的微妙的情趣，有一种观念性的透明感。素性法师吟咏“蟋蟀夕阳鸣瞿麦”，发现夕阳、蟋蟀鸣叫、瞿麦的三者结合产生“哀”的感觉。这也是“唯我”的主观感受。

《源氏物语》使用“哀”有一千多处，物语所表现的“哀”的情趣都是以和歌的抒情为基础，表现对不同季节的感受，“哀”依不同的情况，可以表达各种各样复杂微妙的心情。

后来，“あはれ”逐渐与其他词语相结合，产生“もののあはれ”（物哀）这个词。“物”是引发“哀”的感情的对象，“物哀”的“哀”依附于“物”，“物”赋予“哀”一种具体的存在性，使“哀”不再具有比较强烈的朦胧情趣。“物”存在于现实世界，是感知的对象。“哀”是感动的表现。“物哀”的“哀”就是物化的哀，“物”追求与其相适应的“哀”，“物哀”的感觉则主要是平安朝的文学观和审美意识。“哀”也与其他美的要素结合成幽玄、优艳、妖艳、闲寂等复合美。从平安时代中期开始，“哀”成为审美的一个重要内容，“哀”与“物哀”的含义可以说是平安文学美的核心。

近世的国学家本居宣长（1730—1801）在文艺学领域的“歌学”部分，以物感于心作为判断和歌文学的基准，通过对《源氏物语》以及和歌的“物哀”的分析，阐述文学的本质，以物哀相通歌论和物语论。宣长歌论的思想基础是神道，文学体系的核心是物哀，强调朴素的语言表现真诚的感情。和歌是“物哀的表现”，“物哀”的“物”指天地万物，包括人；“哀”指人的感情。（本居宣长《石上私淑言》）本居宣长文学审美观的核心是“物哀”，坚持认为传统美才是日本民族文学的本质。他建立起系统的和歌“物哀”美学体系。

和歌讲求风体，“风体”指的是歌风和歌体。歌体即是短歌、长歌、旋头歌这样的形态，歌风即是万叶风、古今风这样的风格。歌体的形态不会变化，歌风则流动变化。“风”在和歌里与“调”相近，于是也称为万叶调、古今调。一般地说，万叶风的调强劲有力，古今风的调优美柔和，新古今风的调静寂闲淡。当然，风、调因人而异，体现歌人的个性。

和歌审美的另一个范畴是音调、节奏、韵律的欣赏。和歌五句三十一音的固定音数律决定着定型诗的本质，产生音韵与节奏的美学。和歌通过上下句的接续形成和谐、连续的音乐性，就是说，音乐的连续美和音乐的和谐美存在或者并存于和歌之中，这样就可以朗诵吟咏。

阅读和歌时，有时会碰到“歌枕”这个术语，到平安时代后期，“歌枕”一般指和歌的名胜或者某地的典故，是吟咏和歌时据以作为起兴典故的地名等。和歌本来是吟咏实景，景色美丽的地方被歌人争相吟咏，久而久之，该地就成为咏歌的“名胜”，呈现固定化的倾向，比原本的地名更富有生命内容，在日本人自然观的模式中成为观念性的符号。例如只要一提到樱花红叶，人们的脑子里自然而然地浮现出吉野和龙田，不论吟咏哪个地方的樱花红叶，吉野山、龙田川已经成为固定的观念铭刻在人们的脑子里。这是平安时代的歌人对待歌枕的基本态度，歌枕已经成为他们的固有文学形象。

由于日语每个音的发音时间大致相等，而且语调平缓，音调高低强弱的差别很不明显，几乎没有中文和欧洲语言那样抑扬顿挫的语感，显得单调，为了使日语的音节产生美感，只能采取在一定的节拍停顿，通过一拍左右的时间空白，形成有规则的节奏感。这种审美规范延续至今，没有别的任何一种新规范可以取代，于是成为短歌的审美传统。

我国介绍和歌当追溯到明朝中叶，《日本风土记》在《歌谣》一章中介绍日本的文艺，其中翻译有《古今集》《新古今集》中的大约四十首和歌，翻译还比较准确流畅。但后来几乎无人译介，一直到二十世纪七十年代后期，我国学者才开始真正重视和歌的翻译。

我国读者欣赏和歌，绝大多数只能通过译文理解。然而，无论多么高明的翻译家，翻译诗歌都不可能保留原诗的民族文艺特性，尤其无法重现抽象的音乐要素。翻译和歌，对其音数、枕词、叠句、对句、格助词、节奏、缘语、挂词等独特的表现手法，往往无法找到贴切准确的对应词语。另外，翻译也破坏了对和歌"句切"（类似"断句"）形成不同的律动感的感受，无法再现这种诗体特征。例如纪贯之的"さくら花ちりぬる風のなごりには水なきそらに波ぞ立ちける"，拙译为"忍见落红乱，云边茜影欺。蓝天本无水，轻风弄涟漪"，但原诗的三十一音中使用九个格助词，上下呼应，音韵协调，一气呵成，对表现作者的细腻心情和烘托流动的环境气氛起到重要作用，翻译就无法表现出来。至于翻译的形式问题，我在《风雅俳句系列》的序言《俳句的魅力》中已经做过说明，不再赘述。

本书所收录的是近代以前的和歌（短歌）名作，编排方式不分题材，以人为序，人以年次，作者第一次出现时附以简介。和歌没有季语，所以有的和歌并没有明显的季节感，但仍按勅撰和歌集的四季分类形式编排，以便读者阅读。

本书的编写参考了佐佐木信纲、久曾神升等《日本歌学大系》、大冈信《四季之歌》、竹冈正夫《古今和歌集全评释》、窪田章一郎校注《古今和歌集》等有关书籍。本书曾由其他出版社出版，此次承蒙现代出版社的朱文婷女士的诚挚相邀，予以增添修改，并配以适当图片，由该社出版，谨致以衷心的感谢。鉴于编者水平，难免舛误，敬请方家指正。

郑民钦

2019 年 1 月改定

目录

36　山部赤人

古の　旧き堤は　年深み　池のなぎさに　水草生ひにけり

38　小野小町

うたたねに　恋しき人を　見てしより　夢でふものは　たのみそめてき

40　小野小町

思ひつつ　ぬればや人の　見えつらむ　夢と知りせば　さめざらましを

42　小野小町

いとせめて　恋しき時は　むばたまの　夜の衣を　かへしてぞきる

44　小野小町

今はとて　わが身時雨に　ふりぬれば　言の葉さへに　うつろひにけり

46　小野篁

泣く涙　雨と降らなむ　渡り河　水まさりなば　帰り来るがに

48　在原业平

年をへて　すみこし里を　いでていなば　いとど深草野　とやなりなむ

50　在原业平

ゆ年く蛍　雲のうへまで　いぬべくは　秋風ふくと　雁につげこせ

52　文屋朝康

白露に　風の吹きしく　秋の野は　つらぬきとめぬ　玉ぞ

散りける

54 素性法师

我のみや あはれとおもはむ きりぎりす なく夕かげの やまとなでしこ

56 素性法师

紅葉は 袖にこき入れて もて出なむ 秋は限と 見む人のため

58 素性法师

今来むと いひしばかりに 長月の 有明の月を 待ち出でつるかな

60 凡河内躬恒

初雁の はつかに声を 聞きしより 中空にのみ 物を思ふかな

62 和泉式部

くらきより くらき道にぞ 入ぬべき はるかにてらせ 山の端の月

66 和泉式部

黒髪の みだれもしらず うちふせば まづかきやりし 人ぞ恋しき

68 佚名

北へゆく かりぞ鳴くなる 連れてこし かずは足らでぞ かへるべらなる

70 藤原直子

あまの刈る 藻に住む虫の われからと ねをこそ泣か

め　世をばうらみじ

72　纪贯之

逢坂の　関の清水に　影見えて　今やひくらむ　望月の駒

76　伊势

水のうへに　うかべる舟の　君ならば　ここぞとまりと　いはしものを

78　伊势

みわの山　いかに待ち見む　年ふとも　たづぬる人も　あらじと思へば

80　伊势

夢にだに　見ゆとは見えじ　朝な朝な　わがおもかげに　恥づる身なれば

82　大江千里

月見れば　ちぢにものこそ　悲しけれ　わが身ひとつの　秋にはあらねど

84　藤原敏行

秋來ぬと　目にはさやかに　見えねども　風の音にぞ　驚かれぬる

86　藤原忠房

なよ竹の　よながきうへに　初霜の　おきゐて物を　思ふころかな

88　藤原公任

滝の音は　絶えて久しく　なりぬれど　名こそ流れて　なほ聞こえけれ

90 源经信

夕されば 門田の稲葉 おとづれて 芦のまろ屋に 秋風ぞふく

92 藤原俊成

夕されば 野辺の秋風 身にしみて 鶉鳴くなり 深草の里

96 藤原俊成

かりそめの 夜半も悲しき 松風を 絶えずや苔の 下に聞くらん

98 西行法师

ゆくへなく 月に心の すみすみて 果はいかにか ならんとすらん

102 西行法师

松風の 音のみならず 石ばしる 水にも秋は ありけるものを

104 西行法师

見ればげに 心もそれに なりぞ行く 枯野のすすき 有明の月

106 西行法师

心なき 身にもあはれは しられけり 鴫たつ沢の 秋の夕暮

108 小侍从

待つ宵に 更けゆく鐘の 声聞けば あかぬ別れの 鳥はものかは

110　赞岐

明けぬれど まだきぬきぬに なりやらで 人の袖をも ぬらしつるかな

112　藤原有家

風わたる 浅茅が末の 露にだに 宿りもはてぬ 宵の稲妻

114　慈圆

わが恋は 松を時雨の 染めかねて 真葛が原に 風さわぐなり

116　慈圆

ただ頼め たとへば人の いつはりを 重ねてこそは またも恨みめ

118　慈圆

秋あさき 日かげに夏は 残れども 暮るゝ籬は 萩の上風

120　藤原家隆

昨日だに とはむと思ひし 津の国の 生田の森に 秋は来にけり

122　藤原家隆

明けばまた 越ゆべき山の 峰なれや 空行く月の するゑの白雲

124　藤原家隆

鳰の海や 月の光の うつろへば 波の花にも 秋は見えけり

126 藤原家隆

下紅葉 かつ散る山の 夕時雨 濡れてやひとり 鹿の鳴くらむ

128 藤原定家

見わたせば 花も紅葉も なかりけり 浦の苫屋の 秋の夕暮

130 藤原定家

帰るさの ものとや人の ながむらん 待つ夜ながらの 有明の月

132 藤原定家

ひとり寝る 山鳥の尾の しだり尾に 霜置きまよふ 床の月かげ

134 宜秋门院丹后

知らざりし 八十瀬の波を 分け過ぎて 片敷くものは 伊勢の浜荻

136 式子内亲王

秋こそあれ 人はたづねぬ 松の戸を いくへもとぢよ 蔦のもみぢ葉

138 式子内亲王

秋の夜の しづかにくらき 窓の雨を 打ちなげかれて ひま白むなり

140 式子内亲王

玉の緒よ 絶えなばたえね ながらへば 忍ぶることの よわりもぞする

142 式子内亲王

生きてよも 明日まで人は つらからじ この夕暮を 訪はば訪へべし

144 藤原良经

雲はみな はらひはてたる 秋風を 松に残して 月を見るかな

146 藤原良经

きりぎりす 鳴くや霜夜の さ莚に 衣片敷きひ とりかも寝む

148 藤原良经

もらすなよ 雲ゐる峰の 初時雨 木の葉は下に 色変るとも

150 源通具

深草の 里の月影 さびしさも 住み来しままの 野べの秋風

152 源通具

今来むと 契りしことは 夢ながら 見し夜に似たる 有明の月

154 佚名

竜田川 もみぢ乱れて ながるめり わたらば錦 中や絶えなむ

156 佚名

君やこむ われや行かむの いさよひに まきの板戸も ささずねにけり

158　宮内卿

思ひつつ　経にける年の　かひやなき　ただあらましの　夕暮の空

160　京极为兼

あはれさも　その色となき　ゆふぐれの　尾花がするに　秋ぞうかべる

162　京极为兼

庭のむしは　鳴きとまりぬる　雨の夜の　壁に音する　きりぎりすかな

164　藤原俊成女

下燃えに　思ひ消えなむ　煙だに　跡なき雲の　果てぞ悲しき

166　吉田兼好

はかなしや　命も人の　言の葉も　たのまれぬ世を　たのむわかれは

168　正彻

哀れにも　鳥のしづまる　林かな　夕とどろきの　里はのこりて

170　伊藤左千夫

今朝の朝の　露ひやびやと　秋草や　すべて幽けき　寂滅の光

172　正冈子规

四年寝て　一たびたてば　木も草も　皆眼の下に　花咲きにけり

174 正冈子规

柿の実の あまきもありぬ 柿の実の 渋きもありぬ 渋きぞうまさ

176 佐佐木信纲

ゆく秋の 大和の国の 薬師寺の 塔の上なる 一ひらの雲

180 冈麓

坂むかひ 西洋館に 灯がともり 遠き木立よ 秋蝉のきこゆ

182 与谢野晶子

やは肌の あつき血汐に ふれも見で さびしからずや 道を説く君

184 长塚节

馬追虫の 髭のそよろに 来る秋は まなこを閉ぢて 想ひ見るべし

186 会津八一

ひそみきて たがうつかねぞ さよふけて ほとけもゆめに いりたまふころ

188 斋藤茂吉

弟と 相むかひゐて ものを言ふ 互のこゑは 父母のこゑ

190 北原白秋

病める児は ハモニカを吹き 夜に入りぬ もろこし畑の 黄なる月の出

192 若山牧水

かたはらに 秋ぐさの花 語るらく ほろびしものは な

つかしきかな

194 古泉千樫

秋の稲田 はじめて吾が児に 見せにつつ 吾れの眼に 涙たまるも

196 古泉千樫

秋さびし もののともしさ ひと本の 野稗の垂穂 瓶にさしたり

198 石川啄木

夜おそく つとめ先より かへり来て 今死にしてふ 児を抱けるかな

200 石川啄木

時代閉塞の 現状いかにせむ 秋に入りて ことに斯く 思ふかな

202 釈迢空

葛の花 踏みしだかれて 色あたらし この山道を 行きし人あり

舒明天皇

夕(ゆう)されば　小倉(おくら)の山(やま)に　鳴(な)く鹿(しか)は　今夜(こよい)は鳴(な)かず　い寝(ね)にけらしも

暮色小仓山，
今宵不闻鹿鸣声。
秋夜静入眠。

舒明天皇（592—641）

第三十四代天皇。定都飞鸟冈本宫，生有天智天皇、天武天皇，向中国派遣遣唐使，并与高丽、百济修好。

*赏析

这是万叶初期的代表性和歌之一。小仓山在今奈良县樱井市内。鹿鸣哀哀，求偶声切，闻之不禁凄然，思乡恋妻之情油然而生。今夜为什么听不到鹿鸣呢？对山野之夜，对远别之妻都怀着魂牵梦绕的眷恋之情。人同此心，心同此感。

此作与其他和歌的风格不同，把对人类的爱情延伸到动物，具有一定的抒情性，但从本质上说，还是叙事歌，含有抒情性的叙事歌。这是万叶初期和歌的特点，叙事歌即使带有抒情性，也还是属于人事歌的范畴，大多表现对人、对故乡的情绪。

猿丸大夫

奥山に　紅葉踏み分け　鳴く鹿の　声聞く時ぞ　秋は悲しき

深山踏红叶，
更闻呦呦鹿鸣声，
此时最悲秋。

猿丸大夫（生卒年不详）

据传为奈良后期至平安初期歌人。一说为武天皇之子弓削皇子的别名。也许现实中并无此人。《古今集·真名序》评论大友黑主云：“大友黑主之歌，古猿丸大夫之次也。”

*赏析

选自《小仓百人一首》。秋天是令人伤感的季节，在深山里踏着飘落地上的红叶行走，看着树叶逐渐凋零，已生伤秋之感。此时更闻鹿鸣呦呦，悲伤的情绪顿时涌上心头，难以自遣。此歌在《古今集》中为佚名作品。

大津皇子

あしひきの　山（やま）のしづくに　妹（いいま）待つと　わが立（た）ち濡（ぬ）れし　山（やま）のしづくに

待君来相会，
山树露珠湿我身，
湿透犹未来。

大津皇子（663—686）

天武天皇之子。同父异母的草壁皇子被立为皇太子。二人为争夺皇位，反目成仇。天武天皇去世后一个月，大津皇子被控谋反，敕令赐死。其妻山边皇女哀痛欲绝，奔赴殉死。《万叶集》《怀风藻》留有他的辞世诗。

石川郎女

吾(ああ)を待(ま)つと　君(きみ)が濡(ぬ)れけむ　あしひきの　山(やま)のしづくに　成(な)らましものを

君等我相会，
山上露珠湿全身，
我亦想露湿。

石川郎女（生卒年不详）

万叶时代的歌人。《万叶集》收有石川郎女的七首和歌，但是否为同一人所作，存疑。

*赏析

这是大津皇子与石川郎女的赠答恋歌。大津皇子的和歌含带抱怨的情绪，我在山上等你来相会，身上的衣服被树上的露珠濡湿，一直到全身湿透，你却仍然没有来，字里行间似乎流露出一种不信任的感觉。然而，石川郎女的回答表现出这位才媛对爱情的热烈追求。你在山上等我，全身被露水湿透，我也想被山上的露水濡湿，其实我也很想和你见面啊。

据说大津皇子仪表堂堂，身材魁梧，文武双全，性格豪放，自然是石川郎女心中的白马王子。但是，石川郎女也是大津皇子的政敌草壁皇子的恋人，所以她与大津皇子的恋爱为当时的传统观念所不容，只能暗中传情，伺机幽会。

大津皇子道："津守占卜道，我们恋情要暴露，依然与君宿。"尽管占卜的阴阳师说我们的恋情终会暴露，但是我仍然和可爱的郎女共寝。有人认为这个阴阳师是草壁皇子安插在大津皇子身边的密探，虽然大津皇子在继承皇位的政治斗争中处于逆境，但是他依然无所畏惧地和心上人幽会，勇敢地捍卫自己的爱情。

石川郎女的和歌才华横溢，充满睿智，洋溢着清纯真挚的感情，甚至飘逸一缕淡淡的官能的气息。一对正值青春年华的恋人对爱情憧憬的心态流淌着甜美的芳香，同时也带着一丝矜持的苦涩，显现出青涩色彩。这种对爱情的执着正是青春的赞歌，生命为爱情而燃烧的坚强意志超越时空，至今还能感觉到那炽热的生命力的跃动。

长田王

うらさぶる　心（こころ）さまねし　久（ひさ）かたの　天（あめ）のしぐれの時（しぐ）
雨（れ）の　流（なが）らふ見れば

长对秋末寒雨飘，
心头不由寂寞生。

长田王（？—737）

奈良时代皇族、歌人。历任近江守、下卫门督、摄津大夫等职。天平四年（732）总负责朱雀门前的对歌。其歌见于《万叶集》《歌经标式》。

*赏析

此歌见于《万叶集》。表达作者旅次上淡淡的寥寂之情，犹如淅淅沥沥的秋雨不停地降落，打湿了心底，阵阵袭上心头。素材只是从天而降的秋末冬初的雨水，语言平白，意思单纯，表现人心与自然的交融。潇潇寒雨拨动作者心灵的琴弦，流淌出一缕旋律，一种愁寂的情绪不由得掠过心头。寂寞而惆怅，这是心灵与大自然的交感，人与大自然融为一体的感受。触景生情，乃人之常情。《万叶集》中有很多这样通过对大自然的描写，把叙景与抒情糅为一体的和歌。

长屋王

佐保(さは)過(す)ぎて　寧楽(なら)の手向(たむけ)に　置(お)く幣(ぬさ)は　妹(いも)を目離(めか)れず　相見(あひみ)しめとそ

已经过佐保，
翻越奈良山。
币帛祭道祖，
回家见妻子。

长屋王（676或684？—729）

天武天皇之孙，太政大臣高市皇子之子。官至正二位左大臣。飞鸟时代至奈良时代的皇族，曾为政界重镇。后因“长屋王之变”，自尽。汉诗人、歌人，所存作品不多，《怀风藻》中有三首汉诗，《万叶集》中有五首和歌。如元日侍宴的汉诗：“柳丝入歌曲，兰香染舞巾。于焉三元节，共悦望云仁。”“年光泛仙籞，月色照上春。玄圃梅已故，紫庭桃欲新。”

*赏析

此歌题为《长屋王驻马宁乐山作歌二首》。“宁乐山”，即奈良山。这里应指过了佐保以后的佐保山、黑发山等山脉，不只是单指奈良山。佐保，在现今的奈良市内法莲町一带。币帛，用各种颜色的麻、棉、帛或纸等剪成细条制作的祭品，当时，行旅者都要把币帛奉纳给道祖神，以保佑旅途平安。道祖神是摆放在村头、山口、路边等处的小石像，据说是辟邪去灾的神。歌意为：过了佐保，即将翻越奈良山顶，我向道祖神奉纳币帛，祈求能平安见到在家里等待着我的妻子。

万叶时代的人们相信语言一旦获得神灵的力量，就具有魔咒的“言灵”因素。因为人本身在陌生的土地不能保障自身的安全，为了消除这种对未知的时空世界的不安，就要借助神的力量，而各地都有掌管本地的土地神——道祖神，所以就要奉献上币帛以保平安。

另一首“此山难翻越，岩石嶙峋蹒跚行。不禁放声哭，思妻岂能见颜色”，也是说路途难行，又思念妻子，即使心里想放声大哭，但思妻的心情不能在脸上表现出来。

长屋王崇敬佛法，想通过佛教与其他国家开展交流，但由于政治原因，未能实现。他曾将一千件袈裟送给唐朝僧侣，衣边上绣有“山川异域，风月同天；寄诸佛子，共结来缘”的偈语。此偈最早见于真人元开（淡海三船）的《唐大和上东征传》，淡海三船（722—785）是奈良时代的学者、文人，他受随同鉴真和尚来日的思讬之托，根据他的《大唐传戒师僧名记大和尚鉴真传》，花费十二年岁月，完成撰写鉴真来日的事迹，极具文献价值。原文是这样的：荣睿、普照请鉴真赴日授戒，“大和尚答曰：昔闻南岳思禅师迁化之后，托生倭国王子，兴隆佛法，济度众生。又闻，日本国长屋王崇敬佛法，造千袈裟弃施此国大德、众僧。其袈裟缘上绣着四句，曰山川异域，风月同天，寄诸佛子，共结来缘。以此思量，诚是佛法兴隆有缘之国也。今我同法众中，谁有应此远请，向日本国传法者乎？……是为法事也，何惜身命。诸人不去，我即去耳。……廿一人，愿同心随大和尚去。”（注：原文无标点）此偈也收在《全唐诗》里，题为《绣袈裟衣缘》，同时注云：“明皇时，长屋尝造千袈裟，绣偈于衣缘，来施中华。真公因泛海至彼国传法焉。”也明确了鉴真下决心渡日与此偈的关系，认为佛光可以遍照不同国度的山川大地，以佛结缘，普度众生。

古邨

阿倍仲麻吕

あまの原　ふりさけみれば　春日なる　三笠の山に　いでし月かも

翘望东天月，
神驰奈良三笠山，
皎月一样圆。

阿倍仲麻吕（698？—770）

奈良时代的文学家。十六岁时随遣唐使度唐留学，改名朝（一作晁）衡，仕玄宗皇帝。七五三年回国途中，遇风暴，漂至安南，后重返长安。终生未归，殁于中国。

*赏析

这是阿倍仲麻吕的“羁旅歌”，收在《古今集》里。仲麻吕于养老元年（717）随遣唐使度唐留学，后仕玄宗皇帝。与李白、王维、储光羲等有交往，居唐三十余载。

这是他东归时在海边的思乡之作。他仰望着天上的一轮明月，不禁思绪万千，身在唐朝三十多年，即将东渡，回到自己的祖国，一方面依依惜别，一方面归心似箭。皓月晶莹，风月同天，这一轮明月正是当年离开日本时升起在奈良三笠山顶上的月亮吧。

但是，由于他乘坐的船在海上遇到暴风翻覆，漂至安南（今越南），后重返长安。长安友人闻其海上覆船，以为他已遇难，李白作《哭晁卿衡》表示哀悼：“日本晁卿辞帝都，征帆一片绕蓬壶。明月不归沉碧海，白云愁色满苍梧。”宝龟元年（770），仲麻吕埋骨中国。据《续日本后记》记载，承和三年（836），仲麻吕被追赠正二位，高度评价他“身涉鲸波，业成鳞角。……遂莫言归，唯有掞天之章，长传掷地之响”。

大伴家持

夢の逢ひは　苦しかりけり　おどろきて　搔き探れども　手にも触れねば

思君不见君，
梦中苦相逢。
惊觉探身揽，
忽感两手空。

大伴家持（717？—785）

《万叶集》后期的代表性歌人。大伴旅人之子，少年时随父在九州，受筑紫歌坛的熏陶，后在姑母大伴坂上郎女的指导下学习和歌，继承其父舒展流畅的歌风，又深得汉学修养。仕途不顺，卷入政治斗争，几起几落，心情忧郁，其和歌在秾丽艳美的外表下掩藏着辛酸孤独，诉说着“无可奈何花落去”的失落和凄凉，也是整个贵族社会走向没

落的心态反映。家持一生波澜壮阔，从无忧无虑青云直上的贵族公子随着政坛的风云变幻最后衰颓没落，充满悲剧色彩，他的歌风也从飘逸着绮罗香泽变得凄迷悲郁。家持优艳纤细的歌风不仅是他个人的文学风格，也是万叶后期的风格，也预示着奈良朝向平安朝贵族和歌转变的先声。从这个意义上说，大伴家持是一个时代的歌人。一般认为，他是《万叶集》的最后编纂者。

*赏析

这是作者与其妻坂上大娘恋爱时所作的情歌之一。相爱的人儿不能自由相会，只好在梦中相逢，梦中相逢更令人伤心，当从梦中惊醒，才发现原来是一场虚幻，连手都无法抚摸一下。作品充满真挚热烈的感情。这首和歌模仿唐朝张文成《游仙窟》中“即梦见十娘，惊觉揽之，忽然空手”的句意，思念之情跃然纸上。他对坂上大娘的爱情最为真挚，恋歌还有如：“君谓梦中来见我，傍晚开门待君来。”“即使朝夕都相见，犹如未见思妹子。”

大伴家持在热恋时期与为数不少的女性，如坂上大娘、笠女郎、纪女郎、山口女王、大神女郎、中臣女郎、栗田娘子、河内百枝娘子、巫部麻苏娘子、日置长枝娘子、安倍女郎等互赠情歌，表示炽热的爱情，但含带感伤的色彩，细腻纤柔，缠绵深沉。如他赠送给纪女郎的和歌：“佐保河上千鸟鸣，何时策马渡清流。”“终日雨不停，念君独居山麓下，不禁思忧郁。”“鹌鹑声里思故乡，欲见我妹却无缘。”大雨长流，心情忧郁，自己与纪女郎的恋爱又不能如愿以偿，便觉得人生孤独，精神上感到颓唐，现实的恋爱生活不能尽如人意，产生的悲观情绪融化在自然观里。他对恋爱似乎天生具有一种感伤的情绪，家持对妾的死去极为悲痛：“瞿麦屋前栽，君言‘秋来当思之’，如今花已开。”

妾在屋前院子里种植瞿麦，说“秋天来临的时候，你看到它，就会想起我”，现在瞿麦开始开花，但是她已不在人世间了。

笠女郎

相思はぬ　人を思ふは　大寺の　餓鬼の後に　額づくがごと

他不想我我想他，
犹如大寺拜小鬼，
身后虔诚拜。

笠女郎（生卒年不详）

奈良时代中期歌人。《万叶集》中收有其短歌二十九首，都是赠送给年轻时期的大伴家持的。歌风纤细优美，情意深长。可能是家持身边的一位擅长爱情和歌的才媛。

*赏析

这首和歌甚至带着自我嘲讽的情绪，自己一心痴恋大伴家持，却只是一厢情愿，如同在摆着许多光彩耀眼的佛像的寺院的角落里，对着很不起眼的小鬼的塑像从背后磕头膜拜。这有何益呢？然而，虽然明知这是一场没有结果的苦恋，她还不死心，继续追求，连自己都觉得不可思议地无奈。

柿本人麻呂

長谷の五百槻が下に吾が隠せる妻茜さし照れる月夜に人見てむかも

長谷五百槻，
隐居我妻子。
月光遍地照，
怕被人看见。

柿本人麻吕（生卒年不详）

飞鸟时代的歌人。万叶黄金时期的白凤时代的歌坛巨匠，《万叶集》中当之无愧的最具代表性的抒情歌人。他最早具有专业歌人文学创作的自我意识，和歌经过他才华横溢的妙手，达到臻于完美的文学形态。叙事歌、叙景歌进入抒情歌以后，人麻吕开拓出圆熟的境界，创造出真正的抒情短歌。他作为御用歌人，奉侍天武、持统、文武三朝天皇、

皇太子，奉命或代笔创作很多长歌，完成了长歌形式，并且以庄重沉郁、绚丽华彩的歌风把长歌的文学性推向顶峰，使后来者无出其右。他的长歌实质上是具有抒情性的思想歌。从内容上说，他的挽歌、羁旅歌、叙景歌、恋情歌等抒情歌更能充分体现他的艺术成就。无论是神话传说，还是吟咏自然，或者人事题材，他都能把人化在物里，把意融在景里，物我一体，境象结合，抒发真挚浑朴的感情，感叹人生际遇，读来如行云舒卷，流水无痕。从而把短歌提高到“诗歌”的文学高度，第一次显示出日本诗歌的真正圆熟，不仅开创了万叶时代的黄金时期，也开拓出绵延后来数百年的抒情短歌的道路，所以被日本人尊崇为“歌圣”。

*赏析

长谷，奈良县樱井市泊濑周边的峡谷地带。五百槻，枝叶茂盛的榉树。人麻吕在这个山麓隐藏居住着自己的妻子，可是今夜月光如此明亮，会不会被人发现呢？实在令人担心。和歌看似夸大其词，但从男人炽烈的恋情来看，其实未必夸张。《万叶集》时代的婚姻制度尚不成熟，夫妻不同住，基本上属于走婚制。男方向女方求婚，得到同意后，就在娘家房子旁边盖一间小屋，男方时而来住。这里的“妻”并非正式意义上的配偶者，而是男方对可能成为自己妻子的女方（即所谓的“隐妻”）的称呼。男方可以有多个这样的“妻”，而女方也可以让别的男人住进小屋。

祥邨

柿本人麻呂

秋山（あきやま）の　黄葉（もみち）を茂（しげ）み　迷（まと）ひぬる　妹（いも）を求（もと）めむ　山道（やまじ）知（し）らずも

漫山秋色浓，
红叶坠满枝。
林密妹迷途，
欲寻路不知。

*赏析

人麻吕在大和轻（地名）藏有妻室。妻死，人麻吕悲痛欲绝，作长歌、短歌哀挽。他是写挽歌的高手，有哀悼草壁皇子、高市皇子、川岛皇子、飞鸟皇女等人之死的作品，写得哀婉愁戚，但感情皆不及此首。“妻死之后泣血哀恸”，撕心裂肺的痛苦化为绵长的思念，悲歌一曲，催人泪下。他先是回忆妻子生前对自己的恩爱，柔情似海，两相情笃，然后悲从中来，长歌当哭。长歌吟罢，意犹未尽，又作两首短歌。这是其中之一。“迷途”指妻亡故。满山红叶，秋声瑟瑟，欲觅无径，凄怆摇落，树犹如此，人何以堪。另一首短歌是：“红叶飘零时，使者报信来。妹去不复还，空忆相逢日。”人去楼空，睹物思人，如泣如诉，如怨如慕，真有“千里孤坟，无处话凄凉”的愀怆。这首挽歌之所以比其他挽歌更加动情，是因为为妻子所作，抒发的是个人内心深处最炽烈最真挚的情感。个人情绪如此灌注和歌里是诗人文学意识彻底自觉的佐证。

柿
本
人
麻
呂

み熊野の　浦の浜木綿　百重なす　心は念へど　直に逢はぬ

熊野海滨上，
素静文殊兰。
思如百重叶，
不得到君前。

*赏析

文殊兰，叶多数，披针形，花白色，芳香。和歌夸张叶多往往说是“百重”。思念如绿叶重重，无穷无尽，但身无双翼，不能飞到你的身旁。这首短歌感情炽烈，显示出人麻吕俊逸简劲的风格。又如：“山风竹叶沙沙响，自别妹后我思想。”“石见高角山，我从树间挥衣袖，妹应能看见。”“两地望月同一国，欲见佳人千山隔。”两人相恋，同住一国，望月相思，却隔着千山万水，无法相见。作者通过“望月”的具体形象突出哀叹的情绪。

高市黑人

何処(いづく)にか　船泊(ふなは)てすらむ　安礼(あれ)の崎(さき)　漕(こ)ぎ廻(た)み行(ゆ)きし　棚(たな)無(な)し小舟(をぶね)

水阔安礼崎，
片片荡扁舟。
船舷无踏板，
今夜泊何方。

高市黑人（生卒年不详）

飞鸟时代官员、歌人。似在持统、文物两朝担任官员。《万叶集》收有其和歌十八首，其中羁旅歌八首。他与人麻吕同处一个时代，是叙景歌的先驱。

*赏析

这不是单纯的叙景，而是在旅途上对所见情景的感受，既有写景，又有抒情。安礼崎海面上漂荡着船舷没有踏板的片片扁舟，这是客观景象的描写，而下面的担心则是作者的心情。从海面上的扁舟联想到自己孤旅的危险、惆怅、孤寂，仿佛人生就是茫茫大海上的一叶孤舟，从外在事物反照内心的情绪。

高市黑人的和歌特点是景情结合，以客观描写开拓出抒情歌的新意境。他的和歌几乎全部都是行旅歌，其中一半与大海有关。他的抒情贯穿于叙景，以冷静的眼光理智地把握大自然的印象，在流动的状态中深入观察内在的本质，从对自身的观照中发现人的命运，通过清新鲜明的景物形象、淡然平静的语言叙述，流露出难以自禁的孤寂寥寞的情绪，咀嚼哀愁。

“旅次怀物备亲切，山下海面见红船。”黑人的叙景往往深潜对象的内面，力求表现姿态的整饬，使抒情交织着叙景的清新与人的精神的清澄，在观念性的形象世界里流淌着清丽优美的曲调，然而掩饰不住寥寂孤独的人生漂泊的情怀。

山部赤人

み吉野(よしの)の　象山(きさやま)の際(ま)の　木末(こぬれ)には　ここだもさわく　鳥(とり)の声(こえ)かも

吉野象山林梢，
几多鸟儿喧闹。

山部赤人（？—736）

奈良时代的歌人。其出身、经历多不明，据《万叶集》记载，似当过小地方官，曾随驾游吉野、难波等地，应诏作歌。他是万叶歌人中最具典型的叙景歌人，以凝练的纯客观态度理性地表现素材内容，他的抒情显得超然而孤高。后人将其与柿本人麻吕并称“歌圣”。《万叶集》收有其长歌十三首、短歌三十七首。

*赏析

这是作者随天皇行幸吉野宫、泷离宫时吟咏沿途景色的和歌。作者的目光从吉野山的广阔视野逐渐缩小，最后集中在树林枝头的小鸟上，鸟的喧闹只是整个吉野山的一小部分，辽阔的吉野山成为背景，“喧闹”反而衬托出山林寂静的效果，广大的空间依然沉浸在静谧的氛围里。从视觉的感受集中到听觉，再扩展到更深邃神秘的大自然的视觉空间里，表现作者在山间迎接清晨的愉快澄静的心情。同时的名作还有“秋水河滩上，楸树蓊郁夜渐酣。百鸟唱新凉”。

山部赤人

古(いにしへ)の　旧(ふる)き堤(つつみ)は　年深(としふか)み　池(いけ)のなぎさに　水草(みくさ)生(お)ひにけり

年深古堤老，
池边水草丰。

*赏析

此歌作于天平五年（733），疑为吟故太政大臣藤原不比等宅第之山池。不比等是奈良时代的大贵族，光明皇后之父，曾参与制定大宝律令，确立了律令制度，也奠定了藤原氏繁荣的基础，死于养老四年（720）。昔日的一代霸主，如今风流云散，豪门巨宅，庭院荒芜，衰草败花，一片冷落。作者客观描述的眼光透出对历史的风云变幻的冷静的思索。“潮满和歌浦，海滩芦苇白浪涌，忽闻鸣鹤渡。”赤人善于从视觉、听觉等各个角度观照自然，他把自己的热情融化于万物之中，从自然景物中发现人的生命的真实清纯的存在。

小野小町

うたたねに　恋しき人を　見てしより　夢でふものは　たのみそめてき

不期小睡与君逢，
重寻无缘梦难成。

小野小町（生卒年不详）

平安初期的女歌人。其经历不详，似为薄命佳人。她的和歌可以说是女性在恋爱过程中各种体验和心态的描述，通过比喻、典故、民俗、信仰等比较复杂的手法表现这种情感，大量使用衬词、双关语，以具象与抽象形象的重叠构成多重的心像世界，开平安时代女性文学之先河。

*赏析

小野小町的和歌多为恋歌，情真意切，但爱情对于她似乎只有哀婉凄楚的苦恋感受。梦的意识在恋歌中表现得尤为明显。“思君梦里逢，虽知并非君思我，犹不愿梦醒。”“假寐梦见心上人，方信梦境亦实境。”“思君入梦与君逢，如知是梦不让醒。”小野小町的恋歌具有浓郁的浪漫色彩，她对恋人朝思暮想，梦中相见，古代人认为梦见某人是因为对方在想念自己，虽然知道这并非对方在想念自己，但仍然不愿意醒来，希望就这样在梦中永在一起。她对对方爱心如火，却又感觉到对方的冷淡，语气间含带抱怨，却依然痴心不改。

小野小町

思ひつつ　ぬればや人の　見えつらむ　夢と知りせば　さめざらましを

思君独自眠，
倘知知君梦中见，
长睡不愿醒。

*赏析

选自《古今和歌集》。歌意明白如话，这是梦醒之后惆怅失望心情的流露。要是知道我能梦见你，在梦中与你相会，那就长睡不醒吧。思念之切，盼望之苦，见弃之怨都化作一声叹息。

古邨

小野小町

いとせめて　恋(こい)しき時(とき)は　むばたまの　夜(よる)の衣(ころも)を　かへしてぞきる

夜里思君情难禁，
反穿衣服梦中寻。

*赏析

古代日本人认为，思念心上人时，反穿衣服睡觉，可以在梦中与恋人相会。《万叶集》也有这样思恋的短歌：“折起白衣袖，梦见妹妹慰思恋。”奈良时代是折起衣袖，到平安时代，则变成反穿衣服。形式虽不同，这种民间信仰却是相通的。为了能在梦中见上一面，把盖在身上的衣服翻过来穿在身上。

小町的恋歌往往超越现实，在梦幻的世界里翱翔自由的心灵，以此摆脱无法公开的恋爱以及男人变心的苦恼，倾诉真情。小町的爱情生活相当浪漫，与小野贞树、遍昭、文屋康秀、安倍清行等互赠恋歌，沉浸于热恋的欢乐和失恋的苦闷。

她的和歌机巧的构思、微妙的比喻、复杂的手法在表现女性心理方面达到平安时代中期的高峰。

小野小町

今(いま)はとて　わが身(み)時雨(しぐれ)に　ふりぬれば　言(こと)の葉(は)さへに　うつろひにけり

此时寒雨降我身，
感觉话语也变样。

*赏析

这是小町写给小野贞树的和歌。自己已经年老色衰，你也很少过来，甚至感觉到你对我说话也与以前不一样了。这是她担心男人变心的坦率流露，寒雨萧瑟，如泪暗流。贞树的回答是：“倘若恋心如树叶，定会随风凌乱落。”表示自己对小町的爱情不会像树叶那样随风飘散。据说小野贞树是石见王之子，曾任肥后守等。他任甲斐守时有一首和歌云：“倘若京都人问起，山高阴郁云居处。”他与小町的关系不详。

小野篁

泣(な)く涙(なみだ)　雨(あめ)と降(ふ)らなむ　渡(わた)り河(かわ)　水(みず)まさりなば　帰(かえ)り来(く)るがに

我悲泪如雨，
愿涨洪水三途河，
让她快返回。

小野篁（802—852）

平安时代首屈一指的汉学家，《古今集》时代第一期的代表性歌人。承和元年（834）被任命为遣唐副使，但因与大使藤原常嗣有隙，称病不去，承和六年（839）被流放隐岐，翌年回京。官至从三位等职。其和歌收在《古今集》《新古今集》《玉叶和歌集》等敕选集里。

*赏析

这首和歌题记云“吟妹玉殒”，哀悼同父异母妹的死去。“三途河”，人死后第七天在阴间必须渡过的河流。但愿我悲伤的泪水化作倾盆大雨，涨满三途河的河水，使妹妹不得而过，重返人间。篁教妹妹学习汉学，但坠入爱河。他对妹妹的爱情如火如荼，母亲得知女儿怀孕后，大为震怒，把女儿关在屋子里，不许和篁见面。篁和她通过墙洞哭泣诉说爱恋之苦，至拂晓方离去。临别时二人互赠和歌，篁咏道：“常人岂能容此态，世上可悲身份贱。”妹妹回赠道：“星火点燃情焰烈，此身终归化浮云。”妹妹因悲伤过度，临死之际，二人最后互赠和歌。妹妹咏道：“死后此身远离君，梦魂始终伴君旁。”篁回赠：“君魂未能触我身，死后魂伴又何益？”母亲不许女儿和小野篁接触的原因并非对方是同父异母兄，当时这种婚姻并非禁忌，而是因为女儿不听自己的话，不愿意成为“内侍”（后宫内侍司的女官）。这一对年轻的恋人虽然不能勇敢地安排自己的命运，却对爱情忠贞，至死不渝。这首和歌直率地表现情绪的宣泄，无遮无拦，把炽热的感情与理智的想象结合在一起，表达对心上人的无限哀思和眷恋。

在原业平

年(とし)をへて　すみこし里(さと)を　いでていなば　いとど深草(ふかくさ)野(の)　とやなりなむ

数年同居深草村，
倘去应是草更深。

在原业平（825—880）

平安时代初期至前期代表性歌人。平城天皇的第一皇子阿保亲王之子，官至藏人头，未能飞黄腾达，却擅长和歌。他能得心应手地调动一切语言要素，为表现热烈奔放、细腻丰富的感情和塑造余韵丰饶、朦胧多重的形象服务，建构起《万叶集》所没有的超脱现实的观念世界。

*赏析

“深草”是地名，在京都市伏见区，是双关语，也含有野草茂密的意思。和情人在深草村同居数年，后来自己单独离去，如果现在再去那里的话，也许草比以前更深了。这是业平写给昔日情人的思念之歌。情人回答道：“如是荒野鹌鹑鸣，经年一心待君来。”我被你抛弃在深草，如果深草真的变成荒野的话，我就会化为一只鹌鹑，年复一年地鸣叫着，等待你心血来潮到这儿来看我的那一天的来临。藤原俊成根据这两首歌的意思，写出自我十分欣赏的和歌：“黄昏原野上，秋风觉嫩寒，深草村庄里，鹌鹑绕耳旁。”

在原业平

ゆ年く蛍(ほたる)　雲(くも)のうへまで　いぬべくは　秋風(あきかぜ)ふくと　雁(がん)につげこせ

流萤将离去，
迢遥上云端。
请告南飞雁，
已觉秋风寒。

＊赏析

这首和歌直白率真，对夏末即将消失的萤火虫吩咐道：“流萤啊，你即将离去，如果飞到云端上，请告诉南去的大雁，就说地上的秋风已有凉意。”

文屋朝康

白露(しらつゆ)に　風(かぜ)の吹(ふ)きしく　秋(あき)の野(の)は　つらぬきとめぬ　玉(たま)ぞ散(ち)りける

白露吹风秋原野，
遍撒珍珠未串起。

文屋朝康（生卒年不详）

平安前期的歌人。曾任微官。纪贯之的《古今集・假名序》评他的和歌“措辞精巧”。

*赏析

秋天的原野，草叶上闪烁着晶莹的白露，秋风吹拂，露珠掉落，如同在原野上撒下无数没有用绳子串连起来的珍珠。白露、秋风、珍珠的串连凸现出原野秋色的清艳之美。

素性法师

我のみや　あはれとおもはむ　きりぎりす　なく夕かげの　やまとなでしこ

蟋蟀夕阳鸣瞿麦，
莫非唯我似觉哀？

素性法师（？—910？）

平安时代前期至中期歌人。僧正遍昭之子，奉父命出家，仕宇多天皇。三十六歌仙之一，古今集时代的重要歌人。他虽入佛门，歌风却无佛教之黯淡气氛，明朗欢乐，依然享受世俗的风流生活。其作品收入《古今集》三十多首、《后撰集》二十多首。著有《素性法师集》。

*赏析

瞿麦花往往会使人联想到女子，在金秋夕阳映照的透明世界里，淡红色的花朵平添一段诱人的魅力。“蟋蟀夕阳鸣瞿麦”，素性法师在夕阳耀眼、蟋蟀鸣叫的光与声中发现盛开的瞿麦的“色”，三者的结合产生“哀”的感觉。“梅花远看亦觉哀，折枝方知色香浓。”远看梅花，亦觉得姿态可爱撩人，但摘折回家后慢慢观赏，才知道梅色花香经久不衰。如果把“梅花”视为“恋人”的比喻，更富情趣。这是“唯我”的主观感受。“香比色哀”，不是一般人共同的感觉，而是“我思”，带有强烈的主观性，在这个自我感觉的层次上想象“哀”的世界，对色和香进行比较，构成一种抽象的微妙的情趣，有一种观念性的透明感。

素性法师

紅葉(もみぢば)は　袖(そで)にこき入(い)れて　もて出(い)なむ　秋(あき)は限(かぎり)と　見(み)む人(ひと)のため

摘取红叶袖里藏，
示人疑为秋已尽。

*赏析

摘取美丽的红叶，藏在袖子里，带回京都，恐怕都市人都以为今年的秋天已经结束了吧。此歌题记云：“吟与僧正遍昭采蘑于北山。”遍昭是平安时代初期的六歌仙之一。素性是遍昭在俗时的孩子。此歌吟咏父子相偕上山采蘑菇，甚觉和谐。

素性法师

今来むと　いひしばかりに　長月の　有明の月を　待ち出でつるかな

君言立刻来，
待到九月晓月出，
依然未见来。

*赏析

九月，乃指阴历九月。此歌意思明白如话，你总是说“马上就来”，可是我一直等到九月，长夜苦等，西天残月，黎明将至，还是依然不见你的身影。这是作者站在女性的立场上吟咏的和歌。当时婚姻多为“走婚”的形式，妻子只能在家里被动地等待丈夫。此歌既表现妻子对丈夫的思念和期盼，也暗含作者倘若是女人，也许会被丈夫抛弃的担心和幽怨。

凡河内躬恒

初雁の　はつかに声を　聞きしより　中空にのみ　物を思ふかな

微闻初雁数声鸣，
心悬半空思念生。

凡河内躬恒（859？—925？）

平安时代前期歌人。曾任下层地方官。与纪贯之、纪友则等编纂和歌集《古今集》。常奉天皇之命创作许多贺歌、屏风歌，擅长即兴创作。歌风爽直抒情，对自然具有敏锐的感性。

*赏析

秋天来临，第一阵秋雁飞过，只是听到几声鸣叫，就让我心绪不宁，仿佛身浮半空，顿生思念。这是一首恋歌。听到小姐的些许说话声，就想入非非，思念不已。

当时的贵族男性要与女性恋爱不太容易，如果有机会偶尔听见女性说一两句话，感觉到她的声音温柔亲切，联想此人一定妩媚可爱，想和她交往，便写和歌想方设法交给她的身边侍女，让侍女转交。有的小姐收到男性的和歌后，故意置之不理，于是男性再三再四地送去表示恋慕之心的和歌。好不容易收到小姐通过侍女转来的答歌，如果这答歌没有拒绝之意的话，那就有机会接近到一定的距离，就是可以隔着苇帘亲耳听见小姐说话的声音。到了这种程度，以后继续传书递简，互赠恋歌。

和泉式部

くらきより　くらき道(みち)にぞ　入(はい)ぬべき　はるかにてらせ　山(やま)の端(はし)の月(つき)

我从冥暗来，
应入冥暗道。
今思山头月，
清朗遥遥照。

和泉式部（978？—？）

平安时代中期歌人。越前守大江雅致之女，初嫁和泉守橘道真，生小式部，后离异，与为尊亲王、敦道亲王热恋。敦道亲王死后，仕中宫彰子，嫁给藤原保昌。和泉式部是平安时代最杰出的女歌人之一，继承和发展了《古今集》的传统，开平安后期的歌风。《拾遗集》收入她的二百四十七首和歌，在女歌人中数量最多。她以热烈痴爱、缱绻风情

的赠答的恋歌而著称，其中不乏晦涩难解之作。一生风流多恋，被橘道真的上司藤原道长讥为“水性杨花”。她在晚年对自己的一生进行无情的解剖和反省，写下“那罪孽深重的手一接触花朵，都会使鲜花枯萎”。

*赏析

和泉式部把自己的命运比喻为在黑暗的山间迷路的旅人，人生道路寻找不到光明的出路，无奈只好自我拯救。她虽然意识到自己的灵魂需要拯救，却不知所措，流露出困惑和苦恼。

她的和歌经常使用佛语，也有一些佛教思想，但缺少强烈的皈依意识。尽管觉得被感情所羁绊，无法解脱，但依然迷恋红尘，无法抵抗爱情魅力的诱惑。“身想乘云西行去，心却一意往北行。”虽然也想入佛门，心却飞到恋人的身边。也许她宁可在心醉的热恋与心碎的失恋中折磨自己，也不肯进入清心寡欲之门。

古邨

和泉式部

黒髪（くろかみ）の　みだれもしらず　うちふせば　まづかきやりし　人（ひと）ぞ恋（こい）しき

不知青丝乱，
伏君身上为我拢，
人去空思念。

*赏析

和泉式部与敦道亲王热恋，可以说是如痴如醉。敦道亲王去世之后，她肝肠寸断，写了一百多首和歌表达对他的无限眷恋。自己不知道头发散乱，亲热地依偎在他的怀里，他满怀柔情地为自己梳理头发。如今斯人已去，万事皆空，独自思念，更觉怆恻。“斯人恐已去，此事他日成追忆，再盼与君聚。”“思君心已碎，万千碎片皆含悲，一个未失去。”思君心已碎，每一个碎片都浸透着凄迷悲切的思恋，虽然碎片千千万万，却一个也没有丢失。由于恋人的死去，她炽烈燃烧的爱情烈焰如流星熄灭，丧魂落魄的空虚和失落使她的歌声凄凉悲郁，成为人生哀切的挽歌。

佚名

北へゆく　かりぞ鳴くなる　連れてこし　かずは足らでぞ　かへるべらなる

闻听北去雁，
归去应是不足数。

*赏析

此歌后记云：“有人道：‘有男女二人共往他处，然到达之时，男死。女独自回京，途中闻雁鸣，乃咏之。’”细听北去的雁群的鸣叫声，竟觉得其声凄然悲哀，一定是回归之时的数目比来时减少了，因为有的伙伴在途中死去了。这当然只是作者的想象，移情于景。纪贯之在土佐国司任满回京之前，痛失爱子，他在《土佐日记》中就引用这首和歌表示哀伤之情。

古邨

藤原直子

あまの刈る　藻に住む虫の　われからと　ねをこそ泣かめ　世をばうらみじ

渔夫割海藻，
簠住海藻中。
簠虫放声哭，
并非怨世道。

藤原直子（生卒年不详）

平安时期的宫中女官。延喜二年（902）任正四位下、内侍司典侍。

*赏析

篴，古书上一种形似海蟹的节肢动物，生活在海藻里。渔民割下海藻，寄居在海藻里的篴就失去住所，于是放声大哭：这都是自作自受，不会怨天尤人啊！但这是一首恋歌，《伊势物语》有这样的记载：在原之男子与大御息所之侄女通，男子被判流放，女子关进仓房受到惩罚。这首和歌是这个女子被关闭的时候吟咏的。大御息所之侄女，暗指清和天皇的生母后明子的侄女高子，即二条天皇的皇后。在原之男子，指的是在原业平。但是《伊势物语》的作者在书中引用这首和歌，说是藤原直子创作的。

纪贯之

逢坂(おふさか)の　関(せき)の清水(しみづ)に　影見(かげみ)えて　今(いま)やひくらむ　望月(もちづき)の駒(こま)

逢坂关，水清如镜映秋影；
望月驹，骐骥望月贡朝廷。

纪贯之（872？—945）

平安时代和歌复兴期的代表性歌人，《古今集》编纂者的核心。精通汉学，官至从五位上、木工权头。他为天皇起草诏书，经常参加宫中歌合（即赛歌），还创作许多屏风歌。

《古今集》是日本第一部敕选和歌集，纪贯之的序是第一篇用日文写的序，是日本文学最早的评论，建立起较为完整的和歌理论体系雏形，为本民族诗歌的理论奠定了坚实的基础，对日本和歌的发展做出了历史性的贡献。《古今集》里收入他的作品也最多，他的短歌几乎是《古今集》时代歌风的总体象征，具有热爱自然、体物细腻、语言清

丽、格调疏阔的贵族风格。这种风格后来长期被日本人视为日本民族的古典特性。他根据土佐守任满回京的旅途体验著述的《土佐日记》是日本假名散文、日记文学的先驱。

*赏析

这首和歌题为《迎驹》，题写于十二个月季节景物屏风画的八月屏风上。逢坂关位于京都与东国之间的山间。信浓望月牧场每年八月都要向朝廷进贡马驹，在逢坂关交接，亦称迎驹之地，其马亦称“望月驹”。“望月”既是地名，也指满月，语意双关，在歌中和谐协调。这首和歌是描写绚丽多彩的金秋，秋水如镜，映照出美丽的秋景。同样是描写秋景，不少是诗中有画，情趣风雅盎然。如：“清秋寒月光皓洁，弄影红叶浮霜白。”“今宵秋色明，云间飞雁可点数。”

伊势

水のうへに　うかべる舟の　君ならば　ここぞとまりと　いはしものを

水上浮舟如是君，
我言此处是归家。

伊势（872？—938？）

平安时代中期的歌人。伊势守藤原继荫之女，仕宇多天皇的中宫藤原温子，为上所幸，成为宇多天皇的更衣，生皇子。天皇让位后，她离开宫廷，后受宠于敦庆亲王，生中务。歌风细腻洗练，以恋歌表达自己情感的损伤和心灵的孤独，与小野小町并称平安前期女歌人“双璧”。其歌收入《古今集》《后撰集》中，著有歌集《伊势集》。

*赏析

敦庆亲王家有大池塘，造船入水之日，宇多天皇前往游览。回宫之时，伊势作此歌献给天皇。敦庆亲王是宇多天皇之子，宠爱伊势，但此时伊势还是天皇的后宫。她把天皇比喻为“水上浮舟”，这池塘就是舟船最好的“家”，把自己暗喻为“池塘”，自己才是天皇这艘“船”的“家”。把天皇比喻为“舟”，典出《庄子》：“君者舟也，庶人者水也。水能载舟，亦能覆舟。”不过伊势的比喻只取第一句之义。伊势是女性文学的先驱。

伊势

みわの山　いかに待ち見む　年ふとも　たづぬる人も　あらじと思へば

请问三轮山，
须待几年方相见，
恐终无人来。

*赏析

伊势曾恋宇多天皇的皇后温子之弟、关白藤原基经之子藤原仲平，未能如愿。仲平去伊势的父亲担任太守的大和时，伊势作此歌赠送。“三轮山”典出《古今集》的佚名和歌“三轮山麓有我庵，思念时候请来访。”此处比喻自己独自居住在三轮山脚下，心想即使在这里一辈子，那个男人也不会来访。但是，她没有对男人的埋怨，只有独自默默承受被抛弃的精神折磨。作者把三轮山拟人化，暗喻自己，表明心迹。“几度幽会情，见弃心忧伤。泪水沾衣袖，月色亦愁容。”

伊势

夢(ゆめ)にだに　見(み)ゆとは見(み)えじ　朝(あさ)な朝(あさ)な　わがおもかげに　恥(は)づる身(み)なれば

梦中亦不愿，
观此消瘦身。
每朝对菱花，
羞见憔悴人。

***赏析**

现实中难以相见的恋人，倘若能在梦中相见，也是令人高兴的。但即使梦中相见，也不想让你看到我的容颜。因为我为你朝思暮想，衣带渐宽，自己每天早晨都要对镜梳妆，实在不忍心面对憔悴孱惙的容颜。这里的“羞见”，既是自己，也指恋人。

古邨

大江千里

月見(つきみ)れば　ちぢにものこそ　悲(かな)しけれ　わが身(み)ひとつの　秋(あき)にはあらねど

望月伤悲心如麻，
秋虽不为我一人。

大江千里（生卒年不详）

平安前期的歌人。官至兵部大丞。著有和歌集《句题和歌》，献给宇多天皇。

*赏析

望月伤悲，心乱如麻。尽管我知道秋天并非为我一个人而来临，却为何还要如此惆怅哀伤呢？和歌的下半部分运用白居易《燕子楼》中“燕子楼中霜月夜，秋来只为一人长”的典故。《燕子楼》是白居易对张仲素诗歌的和诗，讲的是徐州张尚书与爱妓盼盼的故事。白居易诗的小序云：“尚书既殁，归葬东洛，而彭城有张氏旧第，第中有小楼名燕子。盼盼念旧爱而不嫁，居是楼十余年，幽独块然，于今尚在。”白诗说盼盼独居燕子楼，愁苦相思不成眠，更觉悲秋霜月漫长夜。大江千里以此典故抒发自己愁多知夜长的悲秋心绪。

藤原敏行

秋來ぬと　目にはさやかに　見えねども　風の音に
ぞ　驚かれぬる

未见秋色染，
却惊风声凉。

藤原敏行（？—901？）

平安时代初期的歌人、书法家。官位从四位右兵卫督。三十六歌仙之一。其书法与空海并列。

*赏析

秋天是大自然开始进入衰败的季节，眼未见黄花红叶，耳却闻瑟瑟秋风，耳朵比眼睛先发现秋之来临。正如欧阳修的《秋声赋》所云："故其为声也，凄凄切切，呼号愤发。"面对这种肃杀的秋景，不免感叹"草木无情，有时飘零。人为动物，唯物之灵。百忧感其心，万事劳其形。有动乎中，比摇其精"。这种感触，无论古今中外，人皆有之，大自然经过春夏旺盛的生命力的勃发，从秋天开始进入衰亡的过程，因此诗人对秋天的感觉尤其敏锐，即使是看到在萧瑟寒风中拼将全身力气呈现出心底颜色的红叶，也不免感受到生命的最后时光。

藤原忠房

なよ竹(たけ)の　よながきうへに　初霜(はつしも)の　おきゐて物(もの)
を　思(おも)ふころかな

嫩竹节间长，
翠绿叶上有初霜，
长夜独思量。

藤原忠房（？—928）

宽平六年（894）被任命为遣唐使判官，后官至右京大夫。

*赏析

此歌序云："宽平之时，被任命遣唐使判官。于东宫坊侍臣室，众男人饮酒时吟咏。"宽平（889—898）是宇多天皇在位的年号。作者于八月二十一日被任命为遣唐使判官。嫩竹的竹节与竹节之间的距离比较长，竹叶上积着深秋的第一场白霜。在这茫茫长夜里，我独自思考着。作者没有具体说想什么事，大概是被任命为遣唐使判官之后所感觉的责任重大、遥远海路、陌生国度、亲人离别等各种心情吧。此歌多采用双关语，"嫩"与"节"、"节"与"夜"都是谐音。

藤原公任

滝の音は　絶えて久しく　なりぬれど　名こそ流れて　なほ聞こえけれ

水声久已绝，
名声犹流传。

藤原公任（966—1041）

平安时代中期公卿、歌人。关白太政大臣赖忠长子，母为醍醐天皇之孙严子女王。世称四条大纳言。他还是和歌理论家，而且精通掌故、音乐、书法等。公任的和歌活动主要围绕花山院和藤原道长展开，如宫中歌合、吟咏屏风歌、赏樱吟歌等，成为这个时期的歌坛魁首。他的短歌是自己的歌论的实践，平淡清美，意致深婉，构思有独到之处，余韵优雅清逸。其著作以和歌为主，涉及诸多领域，如编纂和歌集《金玉和歌集》《拾遗抄》，汉诗文集《和汉朗咏集》，著有歌论《新撰髓脑》《和歌九品》等。

*赏析

此歌题为《初到泷殿》。小序云:“诣嵯峨大觉寺，听闻诸多和歌，乃咏。”大觉寺是嵯峨天皇时代的古刹，其中的瀑布为天皇所设计，称为“泷殿”。公任于长宝元年（999）九月陪同左大臣道长前往“大觉寺泷殿栖霞观”，故有此歌。到公任这个时代，泷殿唯余遗迹，瀑布也不复存在。但是人们依然聚于此处作歌怀古，所作和歌大题与瀑布有关。所以公任说早已听不到瀑布的水声了，但名声依然流传下来，至今人们还在这里缅怀古人。

源经信

夕(ゆう)されば　門田(かどた)の稲葉(いなば)　おとづれて　芦(あし)のまろ屋(や)に　秋(あき)風(かぜ)ぞふく

黄昏茅屋吹秋风，
门前稻田叶摇曳。

源经信（1016—1097）

平安时代后期的歌人、歌学者。朝廷重臣，六朝元老，身处政治中枢达六十五年，官至正二位大纳言。其和歌富有生活情趣，擅长以写生手法状景，清新细腻，铺叙自然，语言精雕细刻，有散文风韵。

*赏析

秋日黄昏，微风轻轻吹拂，门前稻田里的稻叶在风中摇曳荡漾。也许作者正独坐在芦苇葺顶的柴门内，任凭习习秋风吹拂自己的身体，平静地眺望着这一幅夕阳下的田园风光，感受着时间的流动。他的敏锐的视觉和触觉，也许还能闻到些微稻谷的清香。作者以写实手法客观地描绘田园晚景，没有强调自己的主观感受，但读者通过听觉、视觉的纤细感觉，似乎触觉到感官变换的微妙变化。

藤原俊成

夕されば 野辺の秋風 身にしみて 鶉鳴くなり 深草の里

黄昏原野上，
秋风觉嫩寒。
深草村庄里，
鹌鹑绕耳旁。

藤原俊成（1114—1204）

平安后期至镰仓前期的歌人。官至正三位，曾任皇太后宫大夫。他奉白河法皇之命，于文治三年（1187）编纂成《千载集》，结束了金叶、词花时期的混乱局面。他崇尚“幽玄”美学，在恢复《古今集》清雅抒情的正调的同时，创立了余韵幽玄的新古典调的世界，标志着中世

和歌的成立。《千载集》总体风格富有余韵的抒情美，尤其注重音调的整饬，与《新古今集》一起代表着中世和歌鼎盛期的辉煌。

*赏析

这是藤原俊成自认为最理想的一首作品。“深草”是地名，在京都市伏见区北部，古代和歌多以此地吟咏鹌鹑、月亮。黄昏原野，秋风萧瑟，嫩寒沁人，深草村庄，鹌鹑鸣叫，令人顿生悲哀之感。作者从略感寒意的风中感觉到一种悲哀，而在秋风中鸣叫的鹌鹑则是被男人抛弃的深草女人的化身。触景生情，抚今思古，不由得感慨万端。此歌传递给读者一种氛围或者情调，难以言状，暗含着深草女人的温柔气质，如在秋天的寥寂里透出一丝宁静。诗人的构思与古典和歌中感受人物的方法重叠在一起，运用多重性的抒情方式，获得脱离现实感觉的形象构成，整首作品荡漾着幽寂优艳的余韵美。在和歌上是余情的境地，幽玄里含带“艳”“高雅”“哀”，是多种情感交织的复合美。

《无名抄》中《俊成自赞歌事》记述了这样一件事：俊惠法师要俊成出示一首自认为优秀的“自赞歌”，俊成出示此歌。俊惠法师却认为不如他的另一首和歌“面影先是浮花姿，越过几峰白云来”。但是俊成固执己见，认为后一首和歌只是吟咏“远寻山花”的“心”和“云如花乱”的“节”，而前一首是在在原业平的“数年同居深草村，倘去应是草更深”和佚名的“如是荒野鹌鹑鸣，经年一心待君来”的基础上，运用“词语接续”的手法写成的。

这种文人之间的诗话十分有趣，反映出二人对幽玄美见解的不同。就上述两首和歌而言，前者倾向于“哀”，后者倾向于“艳”，但根据俊成在《慈镇和尚自歌合》中自注，前者受到《伊势物语》中的恋歌的启发，所以还是飘逸着一抹余情美的“艳”。相比之下，后者始终追求“艳”。

藤原俊成

かりその 夜半(よは)も悲(かな)しき 松風(まつかぜ)を 絶(た)えずや苔(こけ)の 下(した)に聞(き)くらん

难得来一回，
夜半松涛悲不断，
苔下可听闻？

*赏析

此题记云:“定家之母逝后，秋顷，宿墓地近旁之堂，吟之。”这是俊成在其妻去世一周年的时候，到坟墓所在地的法性寺住宿一夜吟咏的和歌，昼见青苔，夜闻松涛，不由得想到掩埋在青苔下面的妻子是否也听到这满耳的涛声，不禁感到凄凉惆怅。当时俊成已年过八十，大概自觉人生无多，不免感慨万端。一个“苔”字显示出余情意境。

俊成主张在和歌世界里建立余情的美学境界，是为了通过恢复和歌的抒情性，以对幽艳的象征性文学和古典境界的追求寻找适合中世时代心态的和歌形态。

西行法师

ゆくへなく　月（つき）に心（こころ）の　すみすみて　果（はて）はいかにか　ならんとすらん

心随明月行，
心如明月清。
心月融一体，
此心终迷蒙。

西行法师（1118—1190）

平安时代末期至镰仓时代初期的歌人。曾是奉侍于鸟羽院的北面武士，精通兵法。二十三岁出家，开始歌人生活，通过旅行吟咏自然和人生，对社会和自我进行无情的解剖，以极富浪漫的精神追求和歌的美。通过陆奥地区的旅行，深悟佛教之道，上高野山潜心修行。西行虽遁入佛门，但纵观整个人生，他出家并未离俗，依然直面现实社会，

即使逃避社会，放浪自然，也无法抛弃对人和自然的爱心，只是从大自然中发现永恒的生命和幽玄的本质。他保留着贵族社会的审美观念，其作品把古代与中世和歌的特色融为一体，在现实世界与虚无世界之间激烈地碰撞出独具魅力的艺术空间，无疑代表着平安时代末期至镰仓时代初期的和歌的新特征，对元禄时代的松尾芭蕉产生很大的影响。著有歌集《山家集》，其中多有情怀悲切的恋歌。

*赏析

西行以吟咏花（樱花）月著称，以此纯洁人的生命与自然的关系。从这个意义上说，花月都是他的生命的另一种表现形式。这首和歌表现的并不是作者的迷惘不安，而是描写飘浮天空的心灵的月亮。“心”与“月”联系在一起，作者不是用眼睛观看月亮，而是用心灵凝视。月亮是大自然的永恒，心灵象征人的生命，生命与大自然的融合是对人本身的净化，是幽玄的象征。从这个意义上说，花也好，月也好，都是生命的另一种存在形式，“心月融一体”，犹如我国的“天人合一”的思想。无比纯洁清澄的灵魂在大自然中最终仍然失去方向，大概因为不知道飘浮天空的月亮会去向何方，才感到迷惘不安。这首和歌虽然包含对现实的隐喻，但具有静寂美的幽玄的艺术境界。

古邨

西行法师

松風（まつかぜ）の　音（ね）のみならず　石（いは）ばしる　水（みず）にも秋（あき）は　ありけるものを

岂止松籁惊秋声，
溅石湍流亦动容。

*赏析

此歌序云:“聚于(京)都北白川，以《松风如秋》为题，吟咏唱和。兴之所至，复题咏《水声有秋》，此为其中之一。”不仅松籁动秋声，奔腾的清流也蕴含着秋的凉意。光阴荏苒，物华摇落之情含蓄深沉。同样是秋歌，还有“听秋风乍起，怎不令天下人，自关情”，秋风乍起，连平时对物候变化迟钝的人也感到秋的哀情。随着时代的变化，人们对秋的情绪也逐渐内向化。

西行法师

見(み)ればげに　心(こころ)もそれに　なりぞ行(ゆ)く　枯野(かれの)のすすき　有明(ありあけ)の月(つき)

枯野芒草晓月残，
此心渐融月色寒。

*赏析

拂晓残月，枯野芒草，凝视天空，心与月融。枯野、芒草、拂晓、残月，自古以来都是令人伤感的景物。如果思考一下这种审美意识来自何处，就能理解西行的心境及其和歌的境界。这是心与物化为一体的近于无一物的境界。

昭和六年作
祥邨

西行法师

心なき　身にもあはれは　しられけり　鴫たつ沢
の　秋の夕暮

此身无心亦知哀，
深秋暮色鴫立泽。

*赏析

这是西行《御裳濯川歌合》中的作品。像我这样不解风情的人，看到鹬立泽的深秋暮色，也不由自主地对大自然的美妙产生感动。“鹬立泽”是地名，在神奈川县大矶町西面。作者没有明确描写秋景，但通过其音调的暗示，想象出暮色幽暗的秋天傍晚的景色。也有人将“鹬立泽”理解为“鹬鸟飞去的水泽”，这样的话，作品就是实景描写。这里的“心”应该是语言体验所产生的新的作用，即通过“深秋暮色鹬立泽”的表现形成新的含义空间的语言本身。读者不会拘泥于“鹬立泽”一处，触发的想象得到自由地发挥，从而发现深层的内容。藤原俊成对此歌和另一首“大凡露水皆无谓，唯有袖上成泪珠”的判词是“鹬立泽可谓心幽玄而姿难及”。（《广田社歌合》）

小侍从

待つ宵に　更けゆく鐘の　声聞けば　あかぬ別れの　鳥はものかは

寂寞待人夜，
一声钟声一更深。
虽是未尽兴，
催人鸡鸣犹可堪。

小侍从（生卒年不详）

平安时代后期至镰仓时代女歌人。先后仕于二条院、太皇太后多子、高仓院。著有歌集《小侍从集》。

*赏析

等待恋人的夜晚，听着钟声，当时将夜晚分为初夜、中夜、后夜，一更深过一更，可是恋人一直没有来，这种痛苦是无法忍受的。拂晓的离别虽然意犹未尽，恋恋不舍，但相比之下，这种痛苦就算不了什么。“鸡鸣”，表示即将黎明。据《平家物语》记载，有一次，太皇太后多子问道：“待人之夜，回去之晨，孰更可哀？”这首和歌就是小侍从的回答。虽然是小侍从的即兴回答，却应该有着实际感受的基础。

赞岐

明(あ)けぬれど　まだきぬきぬに　なりやらで　人(ひと)の袖(そで)をも　ぬらしつるかな

天已到拂晓，
尚未各自穿衣服，
泪也湿君袖。

赞岐（？—1217？）

镰仓初期的歌人。源赖政的女儿，先后仕于二条院、后鸟羽院天皇的中宫任子。著有歌集《二条院赞岐集》。

*赏析

此歌序云："二条院之时，众人咏《晓归之恋》进呈。"可见这未必是作者的亲身经历，只是以此作为和歌的题材而吟咏的。天已破晓，情人即将分手，但是两人恋恋不舍，还没有穿上各自的衣服，依然叠铺在一起，伤离别的泪水湿透了自己的衣袖，也濡湿了对方的袖口。一对恋人难舍难分、缠绵缱绻的形态跃然纸上。

藤原有家

風（かぜ）わたる　浅茅（あさじ）が末（すえ）の　露（つゆ）にだに　宿（やど）りもはてぬ　宵（よい）の稲妻（いなずま）

白茅摇轻风，
草尖残露不映照，
闪电裂黄昏。

藤原有家（1155—1216）

平安末期至镰仓前期的公卿、歌人。《新古今集》的编撰者之一。官至从三位大藏卿，后出家。

*赏析

“白茅原”一般指荒凉寥寂之所在。黄昏，秋风吹拂白茅草，草尖上的白色露珠很容易被抖落下来。在它还残留在草尖上的短暂时间里，也不会映照出黄昏闪电的亮光。露珠本身就是短暂的，尤其是草尖上的露珠在秋风的吹动下更加短暂；闪电也是短暂的，一道闪亮过去立即消失，两个短暂的都无法组合在一起，隐喻人生如闪电般瞬间闪灭，发出对人生无常的感叹。

慈圆

わが恋(こい)は　松(まつ)を時雨(しぐれ)の　染(そ)めかねて　真葛(まくず)が原(はら)に　風(かぜ)さわぐなり

我恋似青松，
冷雨染不红。
遍野葛喧闹，
绿叶翻秋风。

慈圆（1155—1225）

平安末期至镰仓初期歌人。关白藤原忠通之幼子，两岁丧母，十岁丧父，仁安二年（1167）出家。后四次在比睿山任天台座主，是以后鸟羽院为代表的歌坛的重要歌人。著有歌集《拾玉集》、史论《愚管抄》。

*赏析

我的恋爱犹如四季常青的松树，不论秋雨如何洗刷，也不会改变颜色。遍野都是绿色的葛草，秋风吹过，翻出白色的叶子背面，发出一片喧闹声，如同我心中充满幽怨的躁动。这大概是一首“偷恋”的和歌，表现对薄情女子的抱怨心情。葛草，草本植物，多长于山野，蔓可达十米，三片小叶，秋天开紫红色花，叶子背面呈白色。和歌中经常描写风吹葛草翻动叶子露出白色的背面，运用“背面”与“恨”的谐音比喻为引发怨恨。此歌也包含这个意思，“绿叶翻秋风”暗示自己只能埋在心中的怨恨之情。

慈圆

ただ頼(たの)め　たとへば人(ひと)の　いつはりを　重(かさ)ねてこそは　またも恨(うら)みめ

求你相信我，
倘若以后再骗你，
怨恨也不晚。

*赏析

此歌题为《誓恋之心》。是男人对女性的誓言。这男人一定做了什么对不起恋人的事情，欺骗了她，现在拼命地道歉和表白，保证以后绝不再犯，请她原谅。意思平白直率，语言结构也很简练。

慈圆

秋(あき)あさき　日(ひ)かげに夏(なつ)は　残(のこ)れども　暮(く)るゝ籬(まがき)は　荻(をぎ)の上風(うはかぜ)

秋阳淡影留残夏，
日暮篱笆荻上风。

*赏析

收在《六百番歌合》里。这首和歌完全是自然景色的描写。作者面对初秋的阳光，觉得还残留着夏天的感觉，日暮时分，秋风从篱笆旁边的胡枝子上习习吹过。和歌贯穿着作者的视觉和感觉，从自然景物的构图中流溢出言外之情趣。藤原俊成的评语是“应为有余情之体”。至于是什么样的余情，任凭读者自由想象发挥，余情必须给予读者时空的自由。

藤原家隆

昨日(きのふ)だに　とはむと思(おも)ひし　津(つ)の国(くに)の　生田(いくた)の森(もり)に　秋(あき)は来(き)にけり

昨日还想去，
津国生田大森林，
今天已入秋。

藤原家隆（1158—1237）

镰仓时代初期的公卿、歌人。和歌入藤原俊成门下，《新古今集》撰者之一。收在《新古今集》里的作品可以和定家媲美，擅长叙景歌，歌风清澄。

*赏析

平白如话，毫无修饰，毫无技巧，然而就在这平淡的背面隐藏着让读者获得各自的形象情绪的诗人意识。作品开拓一个自由想象的空间，这个空间隐藏在一个隐喻里。他的和歌多吟咏春光、秋色、月亮：“不知秋气何时至，草露松岚皆秋色。”“风吹白云连峰浮，雨绕群山秋色暗。”“山峰梅花开，春风轻送来。月光亦染香，飘溢几山村。”“秋风轻送橘花夜，檐下月光亦飘香。”没有香色凋零、残月西照、秋风萧瑟、蟋蟀哀鸣的悲凉感，而是清朗澄明的秋光月色。

藤原家隆

明けばまた　越ゆべき山の　峰なれや　空行く月の　すゑの白雲

眼前此山峰，
明早应翻越。
白云伴我行，
横空渡明月。

*赏析

这是“歌合”（赛歌）时吟咏的和歌，并非实景，但弥漫着旅人夜宿的平静氛围，是新古今时代代表性歌人家隆的佳作之一。一路上千山万水迢遥跋涉而来，看着眼前的山峰，心想明天拂晓就要翻越过去。天空的明月、远方的白云都是使旅人心情寂寞而亲切的旅伴。家隆的体现人生和生活的抒情歌风带着孤寂的情调，是他对人生哀叹的心情的反映，注重个性的深化，显得清澄高雅。

藤原家隆

鳰(にお)の海(うみ)や　月(つき)の光(ひかり)の　うつろへば　波(なみ)の花(はな)にも　秋(あき)は見(み)えけり

鳰海月光渐变幻，
浪花亦能见秋色。

*赏析

此歌题为《湖边月》。鳰海，琵琶湖的别称，在滋贺县中部。每天晚上的月光在琵琶湖水上映照出不同的颜色，连在对四季变化毫无感觉的浪花上也能看出秋色的变化。不言而喻，人的眼睛无法从浪花的月色上发现每天晚上不同的秋天的微妙变化，这是一种纤细敏锐的情感世界的想象，浪花上逐渐变换的秋色，含带着浓郁的主观色彩。

藤原家隆

下紅葉　かつ散る山の　夕時雨　濡れてやひとり　鹿の鳴くらむ

下枝红叶落，
山间阵雨湿黄昏，
遥闻鹿独鸣。

*赏析

此歌题为《夕鹿》。靠近根部的树枝上的红叶已开始掉落，黄昏薄暮，一阵山雨袭来，此时传来鹿的鸣叫声，那雨中的叫声令人感觉凄凉。

作者点明只有树干下部的红叶掉落，表明树木总体依然是红叶茂盛，如火如荼。鹿鸣往往是求偶的表示，在和歌里多作为思念心上人的比喻，所以闻其声觉得悲哀。但此歌是否暗示作者思念恋人，见仁见智。

藤原定家

見わたせば　花も紅葉も　なかりけり　浦の苫屋の　秋の夕暮

樱花红叶遥望无，
夕暮茅屋岸边秋。

藤原定家（1162—1241）

藤原俊成之子，镰仓时代前期的歌人。《新古今集》编纂者之一。官至权中纳言，受后鸟羽院的赏识，担任“千五百番歌合”的作者和判者，为宫廷歌坛第一人。他深化其父之“幽玄体”，提倡“有心体”。俊成和定家父子在中世和歌史上树立了“宗家”的传统，称为“御子左家”，定家也被尊为中世和歌之祖。定家对和歌的贡献是开拓一个与万叶的现实主义歌风迥然相异的古典主义方法论和唯美的艺术世界，创作许多具有强烈古典主义色彩和浓郁的象征性的优秀作品。著有歌集《拾遗愚草》、歌论《每月抄》、日记《明月记》等。

*赏析

定家把妖艳美扩展到幽寂美，这首为后世尊崇的名作即是典型。秋天夕暮，海边既没有春天的樱花，也没有秋天的红叶，只有简陋粗糙的茅屋独对寒风。语言素材简朴单纯，所描绘的风景却具有比樱花红叶的艳丽更深沉的寥寂美。同样是吟咏秋天的短歌：“和歌唐诗皆出色，唯有语言不堪秋。”作者让中国古典诗歌和日本和歌都陶醉于深秋的美景，秋色迷人，诗思泉涌，与他的汉诗“金韵忽生残暑尽，独吟古集早秋诗”相得益彰、相映生辉。语言不堪秋，淡淡哀愁生，这种岑寂的气氛与“樱花红叶”具有异曲同工之妙。

藤原定家

帰(かえ)るさの　ものとや人(ひと)の　ながむらん　待(ま)つ夜(よ)ながらの　有明(ありあけ)の月(つき)

此时许是正归来，
待君一夜拂晓月。

* 赏析

这是定家以女性的视角创作的恋歌，也许现在他正从情人的家里出来回家，我却如此痴心地等待这个负心郎到天明。虽然女性怀疑男人的不忠，语气里含带抱怨，但心里依然相信男人对自己的爱情。这首和歌描写的是女性的复杂心理，“拂晓月”的点缀对处理感情起到深化的作用，天边的残月还有自己陪伴，却无人慰藉自己的孤独，悲伤凄凉之情溢于言表。

藤原定家

ひとり寝る　山鳥の尾の　しだり尾に　霜置きまよふ　床の月かげ

鸜雉独自眠，
下垂长尾铺白霜，
窝里明月光。

*赏析

鸊雉鸟雌雄夜晚隔山而眠，那下垂的长尾巴上铺着一层白霜，明亮的月光照射在它的窝里。同样，在这降霜的寒夜，我也是长夜独眠，月光照在我的床铺上，如同铺着一层白霜。此歌的“鸊雉”描述，取自柿本人麻吕的“夜长犹如鸊雉尾，可怜独自眠”。“窝”是双关语，既表示鸊雉的窝，也表示自己的床铺。在这里，自己与鸊雉化为一体，形象重叠，而“明月光”的表现，令人感觉与李白的“床前明月光，疑是地上霜”的构思相通。

宜秋门院丹后

知らざりし　八十瀬の波を　分け過ぎて　片敷くものは　伊勢の浜荻

不知激浪多，
涉流独过河。
铺我自身衣，
伊势海边荻。

宜秋门院丹后（生卒年不详）

镰仓初期的歌人。先后仕于九条藤原兼实、后鸟羽院中宫宜秋门院任子。其和歌收在《千载集》《新古今集》等诗集里。

*赏析

“铺我自身衣”，独眠之意。当时男女共寝，将各自的衣服重叠一起铺在身下。独眠时，只能将自己的衣服脱下来铺在席上。“伊势海边荻”，典出《万叶集》中碁檀越妻思念行旅中的丈夫的和歌：“波浪拍岸涌，折断伊势海边荻，君当在露宿。”“荻”，与芒相似，秋天开花，多生于湿地。但当时和歌中的“荻”一般多指芦苇。“激浪多”典出《源氏物语》中源氏公子的和歌“今日弃我翩然去，湿袖泪如铃鹿川”和六条御息所的答歌“铃鹿川水湿袖否，谁念伊势远行人”。铃鹿川在三冲县北部，流入伊势湾去伊势的必经之处。这是源氏公子与情人六条御息所关系冷却后的赠答歌。此歌中的“激浪多”，暗指铃鹿川。此歌大意是：自己涉过先前未曾经过的铃鹿川那样的湍急水流，如今夜晚独眠，门外正是古歌所吟咏的“伊势海边荻”。“不知”二字充分道出长期处于深闺的贵妇不谙世事、不知艰辛，却如今沦落成弃妇的哀伤心情。这首和歌从其本歌来看，有人以为作者并非写自己，而是为六条御息所的命运而哀叹。果然正如源氏公子所说，铃鹿川水湿衣袖，如今独自在伊势的斋馆里，暗自落泪。

式子内亲王

秋(あき)こそあれ　人(ひと)はたづねぬ　松(まつ)の戸(と)を　いくへもとぢよ　蔦(つた)のもみぢ葉(ば)

秋深红叶无人问，
松户长闭不曾开。

式子内亲王（？—1201？）

后白河天皇之女，《新古今集》的代表性女歌人。在动荡的岁月里，失去家人，生活无着，甚至无处栖身，后出家。这种人生经历使她的和歌充满哀怨忧愁，悲忿沉郁，感觉纤细，情感深沉，极具丰富深沉悲痛的内省力。

*赏析

此歌题为《怜幽闭》。她生活在多事之秋，平安末期，源平逐鹿，其家人殒命兵燹，自身命运多蹇。因牵连橘兼仲事件险被逐出京城，也有人背后议论她诅咒八条院及其宫妃，而且年轻时有过十一年与外界隔绝的斋院生活，这些人生经历大概与白居易诗中说的“忆昔宫中被妒猜，因谗得罪配陵来。……山宫一闭无开日，未死此身不令出”（《陵园妾——怜幽闭也》）的景象十分相似，所以引起她的同病相怜。“晚雾迷蒙凝心底，此身正是秋渐深”，一幅伤时抚事、孤独哀怨的自画像。

式子内亲王

秋の夜の　しづかにくらき　窓の雨を　打ちなげかれて　ひま白むなり

寂静秋夜长，
细听雨打暗窗声，
叹息不曾停。

*赏析

作者因受橘兼仲、观心事件的牵连，险些被逐出京城，而且谗言四起，再加上年轻时的斋院生活，倍感人生不幸，幽愤深哀，折射出时代悲剧的一面。此歌简直就是白居易《上阳白发人》中“宿空房，秋夜长，夜长无寐天不明。耿耿残灯背壁影，萧萧暗雨打窗声”的翻版。“山深即将闭松门，唯有晓月漏残光”，也是运用白居易《陵园妾》中“山宫一闭无开日”“松门到晓月裴回”的典故。

式子内亲王

玉の緒よ　絶えなばたえね　ながらへば　忍ぶることの　よわりもぞする

此命能断由它断，
胜似偷恋忍折磨。

*赏析

我的生命哟，要是能了断的话，索性就让它终结吧！我无法忍受这种偷恋的痛苦折磨，总有一天会把这暗藏心底的恋情暴露出来的。偷恋所造成的心理负担已经到了最后极限，这种自虐性的倾诉满含悲痛。式子内亲王的恋歌是激烈燃烧的爱情的宣泄，没有虚情假意，大胆奔放，无拘无束，艳美至极，艳而不妖，洋溢着高贵哀寂的情调，同时感觉纤细，丰富深沉。

式子内亲王的和歌一个主要特色是“画龙不点睛”，美在言外，并不直接道出自己的意思，任凭读者展开想象的翅膀。如“黄昏屋角下，荻草未抽穗，默默轻摇曳，秋色初来临”，表面上看，这是一首从尚未抽穗的屋檐下的荻草感觉到初秋降临的信息，其实作者真正要表达的是“风”。荻草叶子在微风中窸窣作响，通过风感觉秋的气息，但作者不直接说出来，而是通过象征手法进行暗示。另外，通过“黄昏”与“谁人”谐音，暗指自己的心上人。“黄昏”也是昼夜的交界，从白天的视觉感受转换到晚上的听觉感受，作者在看不清景物的时候，全身心都集中在听觉的“风”上，然而这最关键处由读者的想象力去细细品味。

式子内亲王

生きてよも　明日まで人は　つらからじ　この夕暮を　訪はば訪へべし

纵使活到明日，
难道君犹冷淡？
君若有心相见，
应是今夕来访。

*赏析

即使我能够活到明天，难道明天你也不会来吗？你还不至于如此冷漠吧。但是，我对你焦思苦想，恐怕活不到明天了，今夜就会为你相思而死。如果你要来的话，那就今夜来吧！女子等待恋人、思念恋人已经到达极限的表现。尽管失望到极点，却还没有完全绝望，带着最后一丝的希望，等待着奇迹的出现。

藤原良经

雲(くも)はみな　はらひはてたる　秋風(あきかぜ)を　松(まつ)に残(のこ)して　月(つき)を見(み)るかな

秋风尽吹云去后，
松梢剩余一轮月。

藤原良经（1169—1260）

平安末期至镰仓前期的歌人。受藤原俊成、定家父子的提掖，官至太政大臣，但未满四十岁英年早逝。著有歌集《秋篠月清集》。

*赏析

秋风将天上遮蔽月亮的云彩吹得一干二净，只剩下阵阵的松涛和挂在松梢上的一轮明月，作者悠然自在地观赏着这秋天的宁静夜色。松涛的听觉和明月的视觉建构成和歌的优美世界。“松梢剩余”这种特殊表现手法也许是作者的得意之笔，风吹云去后，仿佛世界的一切都异常干净，只有月亮还留在树梢上，透视出赏月人的作者的澄澈明净的心灵。

藤原良经

きりぎりす　鳴(な)くや霜夜(しもよ)の　さ莚(むしろ)に　衣片(ころもかえ)敷(し)きひ　とりかも寝(ね)む

蟋蟀霜夜鸣，
自家衣服铺席上，
今宵可独眠?!

*赏析

在蟋蟀鸣叫的霜夜，我把衣服脱下来铺在席子上，看来今天晚上只能是自己独眠了啊！“蟋蟀霜夜鸣”受到《诗经·国风》“十月蟋蟀，入我床下”的影响，以引出下面的“席”，当时男女共寝，将各自的衣服重叠铺在一起。此歌有景有情，情随景出，情景浑然一体，末句既是感叹又是轻微的自问。

藤原良经

もらすなよ　雲ゐる峰の　初時雨　木の葉は下に　色変るとも

白云遮山峰，
秋雨初来时。
下枝叶变色，
切莫让人知。

*赏析

此歌题为《偷恋之心》。正如第一阵秋雨悄悄洒落在云遮雾绕的山峰一样，我心中的爱恋也让我泪水涟涟。秋雨将靠近根部的树叶染红，我的衣袖也被泪水浸湿。衣袖啊，切莫让别人看见这泪水。

源通具

深草(ふかくさ)の　里(さと)の月影(つきかげ)　さびしさも　住(す)み来(こ)しままの　野(の)べの秋風(あきかぜ)

月影岑寂深草村，
旧居依然野秋风。

源通具（1171—1227）

平安后期至镰仓初期公卿、歌人。官至正二位大纳言。世称堀川大纳言。《新古今集》的编撰者之一。其妻是藤原俊成之女，后离异。

*赏析

重来深草村，只见野草茂密的原野沐浴着白色的月光，阵阵秋风吹拂，草叶摇摆着如轻波荡漾。然而，我与那个女子一起居住过的房屋如今人去楼空。

在我的眼里，这月色、这秋风都感觉无比的岑寂。此歌典出在原业平的“数年同居深草村，倘去应是草更深”。业平的和歌是与在深草同居数年的女子离别返回京都时的赠歌，而源通具的和歌则是他在京都忽然想起自己数年前和一女子在深草居住的情景，十分怀念，便回到旧地寻找感觉的吟咏。她后来去了哪里呢？那种令人无法忘怀的感情一直深埋心底，她知道我的怀念和寂寥吗？

源通具

今(いま)来(こ)むと　契(ちぎ)りしことは　夢(ゆめ)ながら　見(み)し夜(よ)に似(に)たる　有明(ありあけ)の月(つき)

约定今宵来，
却是梦里空。
抬望拂晓月，
恰似那夜明。

*赏析

同衾之后的拂晓，离别时约定今晚重逢，但一等再等，却不见人影。一直等到拂晓，看天上明月，与前一次离别时的月亮多么相似啊！上一次见面应是多久以前呢？有人认为应时隔一年。倘若这样，那未免过于残酷了，等待一年一度的相会，结果还是落空，显示出男人的薄情。这首和歌是作者站在女性的角度吟咏的。

佚名

竜田川　もみぢ乱れて　ながるめり　わたらば錦　中や絶えなむ

龙田川上红叶乱，
涉水渡过裁锦缎。

*赏析

龙田川是奈良县生驹川的下游。当时的河流未必都有桥，遇到浅滩，往往涉水而过。作者想到现在红叶飘落，铺满江面，倘若有人涉水过河，必定会剪断这美丽的锦缎，那是多么可惜啊！这自然是作者的想象，将绚丽的红叶夸张地比喻为锦缎，形成超越现实的形象。纪贯之吟咏红叶云：“无人观赏便落去，身山红叶似夜锦。”“龙田年年流红叶，江口便是泊秋港。”

佚名

君やこむ　われや行かむの　いさよひに　まきの板戸も　ささずねにけり

犹豫君来或我去，
柴门未闭却入睡。

*赏析

你会来吗？还是我去呢？这样犹豫不决，终于连松木门也没关上，就睡过去了。这应该是一首女性写的和歌。原文使用的词汇比较大胆，表现出她渴望与心上人见面的强烈心情、焦切情绪。盼望恋人来，又担心他不会来，那么自己去吧，却又拿不定主意，迟疑不决，在无望的等待中逐渐睡去，连柴门也没有关上。

宫内卿

思ひつつ　経にける年の　かひやなき　ただあらましの　夕暮の空

经年相思终无益，
日暮晚天期盼情。

宫内卿（？—1204？）

镰仓时代前期的歌人。后鸟羽院近臣右京权大夫源师光（生莲）之女，其母为后白河院女官安芸。奉侍后鸟羽院。参加宫廷歌会，其和歌可与藤原俊成之女比肩。二十岁左右早逝。

*赏析

此歌题为《久恋》。是作者站在女性的角度吟咏的恋歌。多年来我一直思念他，却十分无奈。我凝视着暮色苍茫的黄昏天空，如今只是期盼着他，要是能来看我那该多好啊！这长年的思念对方未必知道，给自己带来的只是一种梦想和期待，梦想着他会突然出现在自己的眼前，明知这只是空想，却还要继续期盼下去，仿佛听见日暮时分意识到今晚又要独守空闺的女性的叹息，表现出极其悲观的情绪。

京极为兼

あはれさも　その色（いろ）となき　ゆふぐれの　尾花（おばな）がすゑに　秋（あき）ぞうかべる

傍晚望四野，
难觅秋色喧。
忽然见芒草，
秋意浮穗端。

京极为兼（1254—1332）

镰仓时代后期歌人。藤原定家的曾孙。奉伏见院命，编纂《玉叶集》。提倡回归万叶，给歌坛注入新风。后因政事流放佐渡、土佐。著有歌论《为兼卿和歌抄》。

*赏析

傍晚时分，环顾原野，不见秋色浓郁的景色，突然发现芒草的穗端在晚风中轻轻摇曳。啊，原来秋天就在这里。作者使用“秋色”“秋意”这样抽象性的表现，有意识地排斥具象性，从而突出微妙的感觉。这是中世纪和歌的新风格。

京极为兼

庭(にわ)のむしは　鳴(な)きとまりぬる　雨(あめ)の夜(よ)の　壁(かべ)に音(おと)する　きりぎりすかな

院里虫鸣已停止，
夜雨墙下闻蟋蟀。

*赏析

虫子在院子里不停鸣叫，不知道什么时候停下来，原来正在下雨。这时，听到从墙下传出蟋蟀的叫声。这首和歌题为《秋雨》。秋雨与蟋蟀声的配合是此歌的精巧之处。

古邨

藤原俊成女

下燃えに　思ひ消えなむ　煙だに　跡なき雲の　果てぞ悲しき

恋火苦煎熬，
犹怜相思死。
轻烟飘无痕，
云外亦伤悲。

藤原俊成女（？—1251？）

镰仓时代前期的歌人。其母是藤原俊成的女儿八条院三条，是俊成的外孙女，但因为是俊成的养女，所以称俊成女。源通具之妻，后离异，仕于后鸟羽院。四十二岁左右出家。歌集有《俊成卿女集》。

*赏析

此歌题为《寄云恋》。我暗地里苦苦眷恋着他，备受痛苦煎熬，这样下去，我总有一天会相思而死的。燃烧我尸体的轻烟飘上天空，化为白云。这白云也会无声无息地消失在云端之外，在天外感受着悲伤。一个年轻女子的苦恋，她柔弱的身体已经支撑不了焦思苦想的折磨，而自己的身体即使化为轻烟，依然在天外思念着心上人。表现她对爱人至死不渝的执着。

吉田兼好

はかなしや 命（いのち）も人（ひと）の 言（こと）の葉（は）も たのまれぬ世（よ）を たのむわかれは

人生如朝露，
人言不可信。
世道悲浇漓，
临歧道珍重。

吉田兼好（1283—1358）

南北朝时代（1336—1392）的官员、歌人、法师。也称兼好法师。文学造诣深厚，有随笔集《徒然草》存世。作为歌人，为二条家的“四天王”之一。

*赏析

此歌序云：“友人临别赠言，受其激励，因以歌之。”兼好认为，在这个乱世，人命危浅，譬如朝露，而临别所谓重逢的赠言，不过是无奈的安慰。兵荒马乱战争时期的离别，也许就意味着生离死别。这样的乱世，人生无常便自然成为人们的共同世界观。世道浇漓，前途莫测，相逢难再，各自保重。这是“哀”，因物感哀，此“物”就是不堪言状的“世道”，也是人心的悲哀。兼好的思想比较复杂，是佛、道、神、儒的综合体，同时又具有朴素的辩证的眼光，虽然也说生归于死，又轮回于生，但他以为这是事物“变化之理”。就是说，生死荣枯都是大自然的规律，事物总是处在流动的过程中，这个变化走向死亡，再从死亡中获得新生。

兼好作为“二条派”的代表性歌人，其和歌是无常与物哀的载体，无常观带着对自然规律关注的要素，在变化的过程中感受物哀的审美情趣。物哀从文学进入宗教，和无常相结合，构成他的世界观的主要部分，在和歌的价值取向上也就以无常作为判断美的标准。

正彻

哀(あわ)れにも　鳥(とり)のしづまる　林(はやし)かな　夕(ゆう)とどろきの　里(さと)はのこりて

日暮鸟归巢，
秋寒林静伤寂寞，
林间犹喧噪。

正彻（1381—1459）

室町时代前期的歌人。他与传统歌坛对立，以藤原定家和《新古今集》为理想之歌风，把幽玄解释为梦幻式的余情妖艳。其门人众多。著有歌集《草根集》、歌论《正彻物语》。

*赏析

正彻的这首和歌以动与静、闹与寂的强烈对比描绘黄昏树林的归鸟景象，虽然“林间犹喧闹”，作者却已经感觉到含带岑寂的宁静，如同“蝉噪林逾静，鸟鸣山更幽”（王籍《入若耶溪》）一样，鸟鸣沁入人心，整个世界变得一片“幽静”，体现出作者追求余情的情趣。这种幽玄的感受与作者的禅宗信仰不无关系，仿佛在虚空里顿悟余情的化境。

伊藤左千夫

今朝（けさ）の朝（あさ）の　露（つゆ）ひやびやと　秋草（あきくさ）や　すべて幽（かす）けき　寂（ほろ）滅（び）の光（ひかり）

今晨秋草露珠凉，
一切幽静寂灭光。

伊藤左千夫（1864—1913）

歌人、小说家。正冈子规门人，新短歌运动的重要成员。子规殁后，参加创刊《马醉木》，后成为《阿罗罗木》的代表。另著有《野菊之墓》等小说。

*赏析

此为组歌《寂灭之光》最后一首。左千夫创作此歌时正处在他人生的最低点，与情人的分手，与门人的对立，使他感受到心灵的痛苦和文学的孤独，因此对秋露的凋零产生强烈的共鸣，表明作者内心深处涌动着剧烈的寂寥感，流露出老成的心境。“寂灭光”是佛语，即进入涅槃之境。将秋草上的露珠视为寂灭之光，而四周一片幽静，也许仿佛从露珠映照的秋光中看到心灵世界的寂灭之相。

正冈子规

四年寝て　一たびたてば　木も草も　皆眼の下に　花咲きにけり

四年卧床一朝起，
草木皆在眼底开。

正冈子规（1867—1902）

歌人、俳人。他是明治时期短歌、俳句革新的旗手，以西方近代个人主义和现实主义为思想基础，以艺术的审美观和写实主义手法把俳句、短歌带进前人未臻的境界，在理论和实践两方面实现了向近代的转变，其巨大的影响远播昭和时代。主张写生手法，句风富于变化，情趣丰富，最能表现他的奔放不羁的诗魂和追求纯粹诗歌精神的力量，晚年建立“写生式万叶调”的独特和歌风格。歌集有《竹乃里歌》《病床六尺》等。

*赏析

这首短歌的题记云:“第一次拄杖立起。”子规在明治二十八年(1895)大吐血以后,几乎完全卧床生活。翌年开始,由别人背着才能外出,出门靠人力车活动。一天,他从躺卧四年的病床拄着拐杖站起来,俯视院子里璀璨盛开的秋花,不由得心头感慨万分。

正冈子规

柿の実の　あまきもありぬ　柿の実の　渋きもありぬ　渋きぞうまさ

柿子有甜也有涩，
涩柿味也美。

* 赏析

子规的朋友、京都歌人天田愚庵托人送柿子给子规。子规收到后，写俳句表示感谢，还没有发出去，又接到愚庵托送柿子的人带来的问候短歌："正冈健康否？不闻柿甜还是涩。"于是，子规重新吟咏六首短歌，寄去表示感谢。这是其中一首，即兴吟咏，不假修饰，感情真实，显示出子规对待朋友的真诚。

佐佐木信纲

ゆく秋の　大和の国の　薬師寺の　塔の上なる　一ひらの雲

秋晚大和国，
药师寺里东塔上，
轻抹一片云。

佐佐木信纲（1872—1963）

国学家佐佐木弘纲之子。东京大学古典科毕业后，与父亲合编《日本歌学全书》（12卷），父殁后，独力校阅后三卷，奠定了歌学和《万叶集》的深厚基础。1897年开始研究歌学。在和歌史尤其万叶研究史方面功绩卓著，并获日本文化勋章。积极参加短歌革新，门人众多。其歌风典雅清新，情趣澄明，叙景抒情。著有《续日本歌学全书》（12卷）、《歌学论丛》《日本歌学史》《校本万叶集》（25卷）、《日本歌学大系》（10卷）等；歌集有《游清吟藻》《新月》《银鞭》《常盘木》《山和水》等。

*赏析

奈良药师寺里的东塔建于天平二年（730），是日本著名古塔。这首短歌从季节起吟，再从大和国过渡到塔上，最后焦点凝聚于“一片云”，表现晚秋的旅情，层层深入，一语点睛。季节与景物相辅相成，和谐统一，增强朗诵的节奏感。但两首作品都飘逸着淡淡的感伤气氛。信纲的短歌理念在于重视“心”，重视“心”就是重视人性、重视人的精神。但重视“花”，即能产生美。信纲的“花”应该指人性表现在短歌艺术中所造成的美的境界。“心之花”正是信纲对短歌本质的艺术理解。

“皓月浮中天，森林之家闭门扉。冷清寂寞面。”他的短歌基本上可以分为抒情和叙景两类题材，抒情短歌中既有纯粹的抒情，也有含带理性的或者具有思想内容的作品。叙景短歌多为旅行吟唱，在自然的写实中表现对人与天地的观照。

“愿我此身化春风，吹拂忧伤人家门。”“宽阔利根川，轻波细浪绿春山，风正走千帆。”“鸟声水响透晓色，山间村庄似神代。”虽然写实，然而更带有叙景性的抒情，如春风化雨滋润心灵。

佐佐木信纲是跨明治、大正、昭和三代的大学者、歌人。他在近代短歌革新中独具一格的古典主义发挥着重要的作用。当然，信纲的古典主义不是复古，也不是拟古，而是在近代社会里强调短歌之道的善良，恢复短歌之道的作用和价值。他站在新旧两派的交接点，开拓新题材、新方法，对渗透于大自然中的生命力始终予以肯定，从而发现人性在短歌中的美，从传统的角度对和歌进行渐进式的革新。

冈麓

坂(さか)むかひ　西洋館(せいようかん)に　灯(ひ)がともり　遠(とお)き木立(こだち)よ　秋蝉(あきぜみ)のきこゆ

坡上洋房灯初上，
远处树林听秋蝉。

冈麓（1877—1951）

歌人。正冈子规门人。先是参与成立根岸短歌会，正冈子规殁后，是《马醉木》同人。后离开文坛，经营书店、画廊等。大正五年（1916）加入阿罗罗木派，重返歌坛。其歌风带着明显的江户情调。著有歌集《院子的青苔》《雪间草》等。

*赏析

此为组歌《坡》之一。冈麓在大正四年（1915）春天从东京都的赤坂搬到元园町。新家位于高高的山崖上，“站在崖边，可眺望远处，隔着崖下的道路，能看见山谷对面住家的庭院”。(《庭苔》) 作者在洋房里华灯初上的薄暮时分，隔着崖下的坡路眺望着，却听见远处树林传来的秋蝉鸣叫声。洋房在大正时期还是十分时尚的，所以此歌含带着异国情趣，远处的蝉鸣增添高级住宅区初秋的宁静。

与谢野晶子

やは肌の　あつき血汐に　ふれも見で　さびしからずや　道を説く君

道学先生哟：
柔肌热血未接触，
不觉寂寞乎？

与谢野晶子（1878—1942）

歌人、作家、思想家。旧姓凤。明治三十三年（1900），加入与谢野铁干的新诗社，在杂志《明星》上发表短歌。翌年与铁干结婚。其歌集《乱发》肯定女性作为人的存在，高昂奔放。她积极参与妇女解放运动，在著名的妇女社会活动家平塚雷鸟的杂志《青鞜》上发表诗歌、评论，提出“以妇女能充分发挥各自的天赋才能、解放自己为最终目的”，并创办文化学院，开展艺术自由的教育。应该说，与谢野晶子是日本近代第一个以诗歌追求妇女解放并付诸实践的战士。著述甚丰，有和歌、歌论、社会评论、古典文学评论、小说等。

*赏析

此为组歌《说道之君》之一。对这首短歌有诸多理解。作者在《短歌的作法》中这样解释此歌的意思："世间的道学先生们哟，你们过着连女人的热烈之爱都没有接触过的生活、抹杀感情的生活，不觉得寂寞吗？""柔肌热血"，指的是年轻女性柔嫩肌肤下奔流着的热血沸腾的青春恋情。她和与谢野铁干热恋，以热情奔放、大胆直率、富有官能色彩的歌声宣告着对旧道德的反叛和感情的解放，表现出对封建礼教压抑的反抗和女性追求自由的渴望，从爱情的价值中发现真正的自我，找到了独立的人的自身价值。正因为她与铁干结合本身就是离经叛道的毅然行动，因此刺激了一部分道德家的神经，遭到他们的冷嘲热讽、污蔑谩骂。这是晶子对他们的回答。

长塚节

馬追虫の　髭のそよろに　来る秋は　まなこを閉ぢて　想ひ見るべし

恰似螽斯须，
微动静无声，
应是闭目思，
方可见秋天。

长塚节（1879—1915）

歌人、小说家。正冈子规门人，后为《马醉木》《阿罗罗木》同人。他运用子规歌论进行创作，以作品实践其理论，通过写生与抒情的融合，表现子规的歌风。其吟咏大自然作品成为《阿罗罗木》的代表性歌风。著有歌集《如针》等。

*赏析

此为组歌《初秋》之一。秋天静悄悄地来临，不为人所觉察，如同螽斯那细长的胡须微微动作一样，寂然无声。这种秋的脚步是无法听见的，只有闭上眼睛，细心体会，才能感觉到宁静的秋意。作者的比喻十分奇妙，螽斯胡须的微小动作拨动自己对秋天感触的心弦，产生透明的纤细的微妙的冥想，用心灵去感受季节的变化。

会津八一

ひそみきて　たがうつかねぞ　さよふけて　ほとけもゆめに　いりたまふころ

夜深佛亦眠，
谁人偷敲钟声鸣，
余韵梦幻间。

会津八一（1881—1956）

歌人、美术史研究家、书法家。与歌坛交往甚少，喜好《万叶集》及良宽的和歌。和歌独辟蹊径，以奈良古都的寺院、佛像为题材的短歌把古代与现代融化在一起，突出物象的某一显著特征，造成逼真鲜明的视觉效果。他的短歌往往不用汉字，全部使用假名，并按单词分行，注意音律和谐。

*赏析

第二次世界大战末期，作者疏散到新潟县中条町，和养女纪伊子住在荒凉的观音堂里。昭和二十年（1945）七月，纪伊子因患肺病去世，作者从此过着凄凉的孤独生活。夜深人静，佛也进入梦乡的时候，不知什么人悄悄敲击寺院的钟，悠扬的钟声在梦幻般的境界里荡漾。

斋藤茂吉

弟(おとうと)と　相(あひ)むかひゐて　ものを言(い)ふ　互(かたみ)のこゑは　父(ちち)母(はは)のこゑ

兄弟相对言，
犹闻父母声。

斋藤茂吉（1882—1953）

歌人、精神科医生。明治三十九年（1906）入伊藤左千夫门下，左千夫去世后，任《阿罗罗木》编辑。茂吉受到西方美术、哲学尤其是尼采思想的深刻影响，《万叶集》歌风以及西方文化都化为短歌的血肉。其歌集《赤光》将日本的传统思想与西欧现代精神融合在一起，充满对生命的肯定，对人的感情的珍爱，在质朴明朗的青春活力中透出哀愁孤独的心情，富有想象力和表现力，成为近代短歌的代表作。后经过一段具有强烈官能艳丽色彩的时期，逐渐进入沉静孤寂的现实境界。

*赏析

步入晚年的兄弟低声交谈，不可思议的是，他们的声音、语调、语气竟与逝去的父母一模一样，双亲的声音仿佛潜藏在他们身上。整个家庭沉淀在祖辈的古老气息里，亲切怀旧的情绪与寂寞惆怅的感怀奇妙地交织在一起。茂吉在其代表作《赤光》收有连作短歌《悲母》五十九首，如“慈母将辞世，陪睡夜寂寂。蛙声远田野，犹如天上来”，母亲病笃时，茂吉从东京赶回家乡山形送终。寂寂的深夜里传来远处寂寂的声音，烘托出作者无限寂寂的心情。

北原白秋

病める児は　ハモニカを吹き　夜に入りぬ　もろこし
畑の　黄なる月の出

病孩吹口琴，
渐入夜。
高粱地里黄月升。

北原白秋（1885—1942）

明治末期、大正初期的诗人、歌人、童谣作家。其诗集《邪宗门》《回忆》带着浓烈的官能性的色彩和世纪末的颓唐美，倡导唯美主义文学，奠定了近代象征派代表诗人的地位。歌集有《桐花》《云母集》《观相之秋》《溪流唱》等。

*赏析

一个生病的小男孩，独自吹着口琴，一轮泛黄的月亮升上高粱地的上空。病床、小孩、口琴、夜色、高粱、月亮……这些要素组合成含带哀愁的音色。生病的孩子不能出去玩耍，坐在窗边吹口琴，以慰藉寂寞的心情，大概从日暮吹到入夜，窗外高粱地的上空升起淡黄色的月亮。“病孩”和“口琴”的搭配是导入哀伤情绪的入口，“入夜”表示时间的流动，口琴声是酝酿岑寂气氛的关键因素，然后引导出后面温馨的抒情，“口琴声”和“月光”伴随着生病的自己，整首诗歌充溢着浪漫主义的哀情。

若山牧水

かたはらに　秋(あき)ぐさの花(はな)　語(かた)るらく　ほろびしものは　なつかしきかな

身边秋花对我言：
消亡之物堪怀念。

若山牧水（1885—1928）

学生时开始创作短歌，提倡自然主义，在明治时期与前田夕暮形成短歌的“夕暮、牧水时代”。他的自然主义带着浪漫的抒情风格，多有破格调，因此成为后来自由律新短歌运动的先驱者。大正时期回到严谨的定型，以平淡的写实展开自然派歌人的纯粹境界。著有《海之声》《别离》等十五部歌集。

*赏析

作者躺在废墟的草地上，仿佛听见秋草秋花在对自己说这样的话。歌中的“消亡之物”指的是什么？见解不一，但大多认为此歌是作者在小诸城遗迹怀古园的感叹。小诸城遗址在长野县，幕府时代曾是牧野氏的城下町，可俯瞰千曲川，明治时期成为废墟。因岛崎藤村的《千曲川旅情之歌》而名声远播。牧水的“消亡之物”应指小诸城。秋天是美丽的，但也本是萧瑟的季节，万物开始凋零，很快就要“消亡”。作者从秋草的小花感觉到美丽的短暂，生命的寂静的轮回，有一种淡淡的哀愁。

古泉千樫

秋(あき)の稲田(いなだ)　はじめて吾(わ)が児(こ)に　見(み)せにつつ　吾(わ)れの眼(まなこ)に
涙(なみだ)たまるも

偕子去农田，
初次让她看秋稻，
满眼盈热泪。

古泉千樫（1886—1927）

《阿罗罗木》同人，任编辑，曾出席森鸥外的观潮楼歌会。大正十三年（1924）参加创刊《日光》。歌风以写生为基调，多表现自然、现实生活的题材。著有歌集《河边》《屋上的土》《青牛集》等。

*赏析

此歌题为《郊中》。大正四年（1915），千樫从城内搬到郊外的青山隐田居住。“吾儿”指的是五岁的长女叶子。她从小生活在热闹嘈杂的城市里，随父亲搬到农村居住以后，第一次看到广阔的稻田，一定感觉十分新鲜。而对于千樫来说，自家祖辈从事农业劳动，自己又是长子，却离开老家前往小时候憧憬的城市，过着忙忙碌碌的小市民的贫穷日子，其间经历过热烈的恋爱，结婚生子，而现在重新回到农村，抚今追昔，感叹万端，不由得热泪盈眶。此歌表现出作者对人生的感慨。

古泉千樫

秋(あき)さびし　もののともしさ　ひと本(もと)の　野稗(のびえ)の垂穂(たりほ)　瓶(かめ)にさしたり

秋意渐凋倍堪怜，
一穗稗草垂瓶中。

*赏析

此歌题为《稗草之穗》。渐入深秋，可以感觉到秋天凋零的气息越来越浓厚，一切都令人眷恋。枕边花瓶里插着一支稗草，稗草低垂着穗子。此时千樫身患肺病，咯血卧床，他凝视着稗草，从中感受到一种安宁静谧。稗草是一种野草，千樫从野草中发现的不仅是深秋寥寂的情趣，更多的是眷恋之情，仿佛看到自己的身影，表现出对人生的留恋。他的另一首短歌这样写道："瓶中稗草穗凋零，天色渐浓秋已深。"

石川啄木

夜（よる）おそく　つとめ先（さき）より　かへり来（き）て　今（いま）死（し）にしてふ　児（こ）を抱（だ）けるかな

深夜下班赶回家，
抱起婴儿刚死去。

石川啄木（1886—1912）

生于岩手县的贫穷农村，终生漂泊放浪，贫困交加。他的短歌将眼睛投向现实生活，思考国家、民族、社会问题，开拓出生活派的短歌新路。其短歌提出了生命、社会、人生三大命题，显示出吟咏疾病、贫困、家庭题材的定型特色。啄木为了适应表现社会题材的需要，主张内容和形式的自由，所以使用现代语言创作三行形式的短歌，以此体现时代的精神。啄木只生活了二十六个年头，留下许多短歌、诗歌、小说、评论、日记、随笔、书简，但三行体的短歌是他文学创作的顶峰。

*赏析

啄木的长子真一生于明治四十三年（1910）十月二十七日，出生后仅二十三天因营养不良夭折。当时啄木在东京朝日新闻当校对工，借居本乡弓町一家理发店的二楼房间里，好不容易把寄居在函馆宫崎郁雨家的妻子叫到东京，生下这个孩子。但孩子一出生就遭此厄运。那天晚上，啄木上夜班，一下班就沿着上野广小路急匆匆赶回弓町，但一回到家里，孩子已于两分钟前去世，他悲凄地面对孩子的遗体，身心交瘁，心灵恸哭。

石川啄木

時代閉塞(じだいへいそく)の　現状(げんじょう)いかにせむ　秋(あき)に入(い)りて　ことに斯(か)く　思(おも)ふかな

入秋后，
重点思考：
时代闭塞之现状。

*赏析

啄木对社会有着深刻的认识，同时从社会主义运动领袖幸德秋水的遇害的所谓“大逆事件”中认识到国家权力的黑暗，对幸德秋水和俄国克鲁泡特金的思想产生共鸣，倾向于社会主义，描绘日本未来的社会主义社会的蓝图。明治四十三（1910）年，啄木发表《时代闭塞之现状》，矛头所向已经超出文学的范畴，直指国家专制权力。他对自然主义的批判主要集中在自然主义者害怕、回避与国家政权的抵抗这个核心问题上，具体表现在对待幸德秋水事件的懦弱卑怯的态度。他的短歌《九月九日夜》、诗歌《叫子和口哨》等一系列作品是在进步思想惨遭镇压的严酷时代的心灵抵抗的呼声。“一边把，地图上的朝鲜国，涂得漆黑，一边听着，秋风。”“收敛起，平日高谈阔论的，革命辞藻，天气已经入秋。”但是，啄木深深意识到诗人终究没有改变社会的力量，短歌对这些陈腐的制度无能为力，最后发出“短歌是悲哀的玩具”的感叹。

释迢空

葛(くず)の花(はな)　踏(ふ)みしだかれて　色(いろ)あたらし　この山道(やまみち)を　行(ゆ)き人(ひと)あり

葛草被踩踏，
花色仍鲜艳。
我来此山路，
更有先行人。

释迢空（1887—1953）

《阿罗罗木》同人，曾任编辑。迢空是学者型歌人，学者的严谨与歌人的抒情集于一身，其作品融合万叶以后各种传统歌风，以民俗学者的眼光审视自然和人。他是著名的国学家、民俗学家、《万叶集》研究家，创建了研究日本古典文学的“折口学”体系。除短歌、长歌外，还创作近代诗、戏曲、小说、评论等。著有歌集《山海之间》《报春》《水上》等。

*赏析

此为组歌《岛山》之一。葛草，蔓生草本植物，秋季开紫红色的花，生长于山野。葛草被行人踩踏，这是很普通的事情。但作者着眼于被踩踏的葛花那依然鲜艳的颜色，那紫红色仿佛渗透进土壤里，十分强烈，一种感动油然而生。想到还有人比自己更早来到这山路，未免感觉人生的寂寥和孤独。他的行旅短歌是人生感受最深刻的体验，体现作者心灵深处的宁静感。

有诗°

打开世界的边界

扫描二维码

上喜马拉雅在线听书

风雅和歌：漫山秋色浓

播讲人丨陈修齐（日本文学硕士、日语译者）

图书在版编目（CIP）数据

漫山秋色浓 / 郑民钦编著. —北京：现代出版社，2020.5

（风雅和歌系列）

ISBN 978-7-5143-7708-8

Ⅰ. ①漫… Ⅱ. ①郑 Ⅲ. ①和歌—诗集—日本—古代 Ⅳ. ①I313.22

中国版本图书馆CIP数据核字（2019）第265708号

漫山秋色浓

作　　者：郑民钦
责任编辑：申　晶　朱文婷
出版发行：现代出版社
通讯地址：北京市安定门外安华里504号
邮政编码：100011
电　　话：010-64267325　64245264（传真）
网　　址：www.1980xd.com
电子邮箱：xiandai@vip.sina.com
印　　刷：北京瑞禾彩色印刷有限公司

字　　数：133千字
开　　本：880mm×1230mm　1/32
印　　张：7.25
版　　次：2020年5月第1版
印　　次：2020年5月第1次印刷
书　　号：ISBN 978-7-5143-7708-8
定　　价：56.00元

有诗

打开世界的边界

风雅俳句系列

《行走春夜里》

《初夏谒日光》

《正是麦秋时》

《初冬小阳春》

世 界 上 最 短 的 诗 ， 日 本 人 的 心 之 风 景